I0556936

www.ingramcontent.com/pod-product-compliance
Lightning Source LLC
Chambersburg PA
CBHW072045170626
46811CB00008B/3166
9781005356217

حكاية علاء الدين أبو الشامات

الجزء الثالث عشر

من قصص ألف ليلة وليلة

جمع وتحرير: رأفت علام

مكتبة المشرق

صدر في مارس ٢٠١٩ عن مكتبة المشرق – مصر

تحديث أغسطس ٢٠٢٣

Table of Contents الفهرس

1

كان في قديم الزمان وسالف العصر والآوان رجل تاجر بمصر يقال له
شمس الدين وكان من أحسن التجار وأصدقهم مقالاً وهو صاحب خدم وحشم
وعبيد وجوار ومماليك ومال كثير.. وكان شاهبندر التجار بمصر وكان معه
زوجة يحبها ٰ وتحبه إلا أنه عاش معها أربعين عامًا، ولم يرزق منها بنت
ولا ولد.. فقعد يومًا من الأيام في دكانه، فرأى التجار وكل واحد منهم له ولد
وولدان أو أكثر وهم قاعدون في دكاكين مثل آبائهم.. وكان ذلك اليوم يوم
جمعة. فدخل ذلك التاجر الحمام واغتسل غسل الجمعة ولما طلع أخذ مرآة
المزين فرأى وجهه فيها وقال:

- أشهد أن لا إله إلا الله وأشهد أن محمدًا رسول الله..

ثم نظر إلى لحيته فرأى البياض غطى السواد، وتذكر أن الشيب نذير الموت،
وكانت زوجته تعرف ميعاد مجيئه، فتغتسل وتصلح من شأنها له.. فدخل
عليها، فقالت له:

- مساء الخير.

فقال لها:

- أنا ما رأيت الخير..

وكانت قالت للجارية:

- هاتي سفرة العشاء.

فأحضرت الطعام وقالت له:

- تأكل وتعيش يا سيدي.

فقال لها:

- ما آكل شيئًا..

وأعرض عن السفرة بوجهه.

فقالت له:

- ما سبب ذلك؟؟ وأي شيء أحزنك؟

فقال لها:

- أنت سبب حزني.

فقالت له:

- لأي شيء؟

فقال لها:

- إني فتحت دكاني في هذا اليوم ورأيت كل واحد من التجار له ولد أو ولدان أو أكثر، وهم قاعدون في الدكاكين مثل آبائهم.

فقلت لنفسي:

- إن الذي أخذ أباك ما يخليك، وليلة دخلت بك حلفتيني أنني ما أتزوج عليك، ولا أتسرى بجارية حبشية ولا رومية ولا غير ذلك من الجواري.. ولم آت ليلة بعيدًا عنك، والحالة أنك عاقر والنكاح فيك كالنحت في الحجر.

فقالت:

- اسم الله علي أن الإعاقة منك، ما هي مني، لأن بيضك رائق.

فقال لها:

- وما شأن الذي بيضه رائق؟

فقالت:

- هو الذي لا يحبل النساء.. وهو لا يجيء بأولاد..

فقال لها:

- وأين معكر البيض؟ وأنا أشتريه لعله يعكر بيضي؟

فقالت له:

- فتش عليه عند العطارين.

فبات التاجر وأصبح متندمًا حيث عاير زوجته، وندمت هي حيث عايرته.. ثم توجه إلى السوق، فوجد رجلاً عطارًا، فقال له:

- السلام عليكم.

فرد السلام، فقال له:

- هل يوجد عندك معكر البيض؟

فقال له:

- كان عندي وجبر.. ولكن اسأل جاري.

فدار يسأل، حتى سأل جميع العطارين وهم يضحكون عليه، وبعد ذلك رجع إلى دكانه وقعد، فكان في السوق نقيب الدلالين وكان رجلاً حشاشًا يتعاطى الأفيون ويستعمل الحشيش الأخضر.. وكان ذلك النقيب يسمى الشيخ محمد سمسم، وكان فقير الحال وكانت عادته أن يصبح على التاجر في كل يوم.. فجاءه على عادته وقال له:

- السلام عليك.

فرد عليه السلام وهو مغتاظ. فقال له:

- يا سيدي، ما لك مغتاظ؟

فحكى له جميع ما جرى بينه وبين زوجته، وقال له:

- لي أربعين سنة وأنا متزوج بها، ولم تحبل مني بولد ولا ببنت.

وقالوا لي:

- إن سبب عدم حبلها منك أن بيضك رائق، ففتشت على شيء أعكر به بيضي فلم أجد.

فقال له:

- يا سيدي، أنا عندي معكر البيض، فما تقول فيمن يجعل زوجتك تحبل منك بعد هذه الأربعين سنة التي مضت؟؟

فقال له التاجر:

- إن فعلت هذا، فأنا أحسن إليك وأنعم عليك.

فقال له:

- هات لي دينارًا..

فقال له:

- خذ هذين الدينارين.

فأخذهما، وقال:

- هات هذه السلطانية الصيني.

فأعطاه السلطانية، فأخذها وتوجه إلى بياع الحشيش وأخذ منه المكرر الرومي والحبهان والزنجبيل والفلفل الأبيض والسقنقور الجبلي ودق الجميع وغلاهم بالزيت الطيب وأخذ ثلاث أوراق حصا لبان ذكر وأخذ مقدار قدح من الحبة السوداء ونقعه وعمل جميع ذلك معجونًا بالعسل النحل وحطه في السلطانية.. ورجع بها إلى التاجر وأعطاها له وقال:

- هذا معكر البيض، فينبغي أن تأخذ منه على رأس الملوق بعد أن تأكل اللحم الضاني البيتي، وتكثر له الحرارات والبهارات وتتعشى وتشرب بالسكر المكرر.

فأحضر التاجر جميع ذلك وأرسله إلى زوجته وقال لها:

- اطبخي ذلك طبخًا جيدًا وخذي معكر البيض واحفظيه عندك حتى أطلبه.

ففعلت ما أمرها به، ووضعت له الطعام فتعشى، ثم إنه طلب السلطانية فأكل بقيتها وواقع زوجته، فعلقت منه تلك الليلة ففات عليها الشهر الأول والثاني والثالث ولم ينزل عليها الدم فعلمت أنها حامل.. ثم وفت حملها ولحقها الطلق، وقامت الأفراح، فقاست الداية المشقة في الخلاص ورقته باسم محمد وعلي وكبرت وأذنت في أذنه، ولفته وأعطته لأمه فأعطته ثديها وأرضعته فشرب وشبع ونام، وأقامت الداية عندهم ثلاثة أيام حتى عملوا الحلاوة

ليفرقوها في اليوم السابع، ثم رشوا ملحه ودخل التاجر وهنأ زوجته بالسلامة وقال لها:
- أين وديعة الله؟
فقدمت له مولودًا بديع الجمال صنع المدبر الموجود وهو ابن سبعة أيام ولكن الذي ينظره يقول عليه أنه ابن عام، فنظر التاجر في وجهه فرآه بدرًا مشرقًا وله شامات على الخدين، فقال لها:
- ما سميته؟
فقالت له:
- لو كان بنتًا كنت سميتها، وهذا ولد فلا يسميه إلا أنت.
وكان أهل ذلك الزمن يسمون أولادهم بالفال، فبينما هم يتشاورون في الاسم وإذا بواحد يقول:
- يا سيدي علاء الدين.
فقال لها:
- نسميه علاء الدين أبي الشامات.
ووكل به المراضع والدايات، فشرب اللبن عامين وفطموه، فكبر وانتشى وعلى الأرض مشى.. فلما بلغ من العمر سبع سنين، أدخلوه تحت طابق خوفًا عليه من العين.. وقيل:
- هذا لا يخرج من الطابق حتى تطلع لحيته.
ووكل به جارية وعبدًا فصارت الجارية تهيء له السفرة والعبد يحملها إليه ثم إنه طاهره.. وعمل له وليمة عظيمة ثم بعد ذلك أحضر له فقيهًا يعلمه فعلمه الخط والقرآن والعلم إلى أن صار ماهرًا وصاحب معرفة.. فاتفق أن العبد أوصل إليه السفرة في بعض الأيام ونسي الطابق مفتوحًا فطلع علاء الدين من الطابق ودخل على أمه، وكان عندها محضر من أكابر النساء.
فبينما النساء يتحدثن مع أمه وإذا هو داخل عليهن كالمملوك السكران من فرط جماله فحين رأينه النسوة غطين وجوههن وقلن لأمه:
- الله يجازيك، كيف تدخلين علينا هذا المملوك الأجنبي أما تعلمين أن الحياء من الإيمان؟
فقالت لهن:
- سمين الله إن هذا ولدي وثمرة فؤادي وابن شاهبندر التجار شمس الدين.
فقلن لها:
- عمرنا ما رأينا لك ولدًا..
فقالت:

- إن أباه خاف عليه من العين، فجعل مرباه في طابق تحت الأرض. فلعل الخادم نسي الطابق مفتوحًا، فطلع منه ولم يكن مرادنا أن يطلع منه حتى تطلع لحيته.

فهنأتها النسوة بذلك، وطلع الغلام من عند النسوة إلى حوش البيت، ثم طلع المقعد وجلس فيه، فبينما هو جالس، وإذا بالعبيد قد دخلوا ومعهم بغلة أبيه، فقال لهم علاء الدين:

- أين كانت هذه البغلة؟

فقالوا له:

- نحن أوصلنا أباك إلى الدكان وهو راكب عليها وجئنا بها.

فقال لهم:

- أي شيء صنعه أبي؟

فقالوا:

- إن أباك شاه بندر التجار بأرض مصر، وهو سلطان أولاد العرب.

فدخل علاء الدين على على أمه وقال له:

- يا أمي ما صناعة أبي؟؟

فقالت له:

- يا ولدي، إن أباك تاجر وهو شاه بندر التجار بأرض مصر وسلطان أولاد العرب.. وعبيده لا تشاوره في البيع إلا على البيعة التي تكون أقل ثمنها ألف دينار.. وأما البيع التي تكون بتسعمائة دينار فأقل فإنهم لا يشاورنه عليها، بل يبيعونها بأنفسهم ولا يأتي متجر من من بلاد الناس قليلاً أو كثيرًا إلا ويدخل تحت يده ويتصرف فيه كيف يشاء.. ولا ينحزم متجرًا ويروح بلاد الناس إلا ويكون من بيت أبيك، والله تعالى أعطى أباك يا ولدي مالاً كثيرًا لا يحصى.

فقال لها:

- يا أمي، الحمد لله الذي جعلني ابن سلطان أولاد العرب، ووالدي شاه بندر التجار ولأي شيء تحطونني في الطابق؟؟ وتتركوني محبوسًا فيه؟

فقالت له:

- يا ولدي، نحن ما حطيناك في الطابق إلا خوفًا عليك من أعين الناس، فإن العين حق وأكثر أهل القبور من العين.

فقال لها:

- يا أمي، وأين المفر من القضاء والحذر لا يمنع القدر، والمكتوب ما منه مهرب، وإن الذي أخذ جدي لا يترك أبي فإنه عاش اليوم وما يعيش غدًا..

وإذا مات أبي وطلعت أنا علاء الدين ابن التاجر شمس الدين لا يصدقني أحد من الناس.. والإختيارية يقولون عمرنا ما رأينا لشمس الدين ولدًا ولا بنتًا.. فينزل بيت المال ويأخذ مال أبي، ورحم الله من قال:

يموت الرجل ويذهب ماله   ويأخذ أنذال الرجال نساءه

فأنت يا أمي تكلمين أبي حتى يأخذني معه إلى السوق ويفتح لي دكانًا وأقعد فيه ببضائع، ويعلمني البيع والشراء والأخذ والعطاء.

فقالت له:

- يا ولدي، إذا حضر أبوك، أخبرته بذلك.

فلما رجع التاجر إلى بيته، وجد ابنه علاء الدين أبي الشامات قاعدًا عند أمه، فقال لها:

- لأي شيء أخرجتيه من الطابق؟

فقالت له:

- يا ابن عمي، أنا ما أخرجته ولكن الخدم نسوا الطابق مفتوحًا، فبينما أنا قاعدة وعندي محضر من أكابر النساء وإذا به دخل علينا.

وأخبرته بما قال ولده، فقال له:

- يا ولدي، في غد إن شاء تعالى آخذك معي إلى السوق. ولكن يا ولدي، قعود الأسواق والدكاكين يحتاج إلى الأدب والكمال في كل حال.

فبات علاء الدين وهو فرحان من كلام أبيه. فلما أصبح الصباح، أدخله الحمام وألبسه بدلة تساوي جملة من المال.. ولما أفطروا وشربوا الشراب، ركب بغلته وأركب ولده بغلة، وأخذه وراءه وتوجه به إلى السوق، فنظر أهل السوق شاه بندر التجار مقبلاً ووراءه غلام كأن وجهه القمر في ليلة أربعة عشر.. فقال واحد منهم لرفقيه:

- انظر هذا الغلام الذي وراء شاه بندر التجار.. وقد كنا نظن به الخير وهو مثل الكرات شائب وقلبه أخضر..

فقال الشيخ محمد سمسم المتقدم ذكره للتجار:

- نحن ما نرضى به أن يكون شيخًا علينا أبدًا.

وكان من عادة شاه بندر التجار أنه لما يأتي من بيته في الصباح ويقعد في دكانه، يتقدم نقيب السوق ويقرأ الفاتحة للتجار فيقومون معه ويأتون شاه بندر التجار ويصبحون عليه، ثم ينصرف كل واحد منهم إلى دكانه.

فلما قعد شاه بندر التجار في دكانه ذلك اليوم على عادته لم يأت إليه التجار، فنادى النقيب وقال له:

- لأي شيء لم يجتمع التجار على جري عادتهم؟

فقال له:

- أنا ما أعرف نقل الفتن، إن التجار اتفقوا على على عزلك من المشيخة، ولا يقرأون لك فاتحة.

فقال له:

- ما سبب ذلك؟

فقال له:

- ما شأن هذا الولد الجالس بجانبك وانت اختيار ورئيس التجار، فهل هذا الولد هو مملوكك أو يقرب لزوجتك؟؟ وأظن أنك تعشقه وتميل إلى الغلام.

فصرخ عليه وقال له:

- اسكت، قبح الله ذاتك وصفاتك، هذا ولدي وابني من صلبي.

فقال له:

- عمرنا ما رأينا لك ولدًا.

فقال له:

- لما جئتني بمعكر البيض، حملت زوجتي وولدته.. ولكن من خوفي عليه من العين، ربيته في طابق تحت الأرض، وكان مرادي أنه لا يطلع حتى يمسك لحيته بيده فما رضيت أمه وطلب مني أن أفتح له دكانًا وأحط عنده بضائع وأعلمه البيع والشراء.

فذهب النقيب إلى التجار وأخبرهم بحقيقة الأمر، فقاموا كلهم بصحبته وتوجهوا إلى شاه بندر التجار، ووقفوا بين يديه وقرأوا الفاتحة وهنأوه بالغلام، وقالوا له:

- ربنا يبقي الأصل والفرع ولكن الفقير منا لما ياتيه ولدًا أو بنتا لا بد أن يصنع لأخوانه دست عصيدة ويعزم معارفه وأقاربه.. وأنت لم تعمل ذلك.

فقال لهم:

- لكم علي ذلك ويكون اجتماعنا في البستان.

فلما أصبح الصباح، أرسل الفراش للقاعة والقصر الذين في البستان وأمره بفرشهما، وأرسل آلة الطبخ من خرفان وسمن وغير ذلك مما يحتاج إليه الحال وعمل سماطين، سماطًا في القصر وسماطًا في القاعة، وتحرم التاجر شمس الدين وتحرم ولده علاء الدين وقال له:

- يا ولدي إذا دخل الرجل الشائب فأنا اتلقاه وأجلسه على السماط الذي في القصر وأنت ولدي إذا دخل الولد الأمر فخذه وادخل به القاعة واجلسه على السماط.

فقال له:

- لأي شيء يا أبي تعمل سماطين واحد للرجال وواحد للأولاد؟

فقال:

- يا ولدي، إن الأمرد يستحي أن يأكل عند الرجال.

فاستحسن ذلك ولده، فلما جاء التجار صار شمس الدين يقابل الرجال ويجلسهم في القصر، وولده علاء الدين يقابل الأولاد ويجلسهم في القاعة.. ثم وضعوا الطعام وشربوا الشراب، وأطلقوا البخور.. ثم قعد الاختيارية في مذاكرة العلم والحديث..

كان بينهم تاجر يسمى محمود البلخي وكان مسلمًا في الظاهر ومجوسيًا في الباطن، وكان يبغي الفساد ويهوى الأولاد.. فنظر إلى علاء الدين نظرة أعقبته ألف حسرة وعلق له الشيطان جوهرة في وجهه، فأخذه به الغرام والوجد والهيام، وكان ذلك التاجر الذي اسمه محمود البلخي يأخذ القماش والبضائع من والد علاء الدين. ثم إن محمود البلخي قام يتمشى وانعطف نحو الأولاد، فقاموا لملتقاه وكان علاء الدين قاعدًا، فقام يزيل الضرورة.. فالتفت التاجر محمود إلى الأولاد وقال لهم:

- إن طيبتم خاطر علاء الدين على السفر معي، أعطيت كل واحد منكم بدلة تساوي جملة من المال.

ثم توجه من عندهم إلى مجلس الرجال، فبينما الأولاد جالسون وإذا بعلاء الدين أقبل عليهم، فقاموا لملتقاه وأجلسوه بينهم في صدر المقام، فقام ولد منهم وقال لرفيقه:

- يا سيدي حسن، أخبرني برأس المال الذي عندك تبيع فيه وتشتري، من أين جاءك؟

فقال له:

- أنا لما كبرت ونشأت وبلغت، مبلغ الرجال قلت لأبي: يا والدي أحضر لي متجرًا.. فقال: يا ولدي أنا ما عندي شيء، ولكن رح خذ مالاً من واحد تاجر واتجر به وتعلم البيع والشراء والأخذ والعطاء، فتوجهت إلى واحد من التجار، واقترضت منه ألف دينار، فاشتريت بهما قماشًا وسافرت به إلى الشام فربحت المثل مثلين، ثم أخذت من الشام وسافرت به إلى بغداد وبعته، فربحت المثل مثلين، ولم أزل حتى صار رأس مالي نحو عشرة آلاف دينار. وصار كل واحد من الأولاد يقول لرفيقه مثل ذلك إلى أن دار الدور وجاء الكلام إلى علاء الدين أبي الشامات، فقالوا له:

- وأنت يا سيدي علاء الدين؟

فقال لهم:

- أنا تربيت في طابق تحت الأرض وطلعت منه في هذه الجمعة وأنا أروح الدكان وأرجع منه إلى البيت.
فقالوا له:
- أنت متعود على قعود البيت ولا تعرف لذة السفر، والسفر ما يكون إلا للرجال.
فقال لهم:
- أنا ما لي حاجة بالسفر وليس للراحة قيمة.
فقال واحد منهم لرفيقه:
- هذا مثل السمك إن فارق الماء مات.
ثم قالوا له:
- يا علاء الدين، ما فخر أولاد التجار إلا بالسفر لأجل المكسب.
فحصل لعلاء الدين غيظ بسبب ذلك، وطلع من عند الأولاد وهو باكي العين، فقالت له أمه:
- ما يبكيك يا ولدي؟
فقال لها:
- إن أولاد التجار جميعًا يعايرونني، وقالوا لي: ما فخر أولاد التجار إلا بالسفر لأجل أن يكسبوا الدراهم والدنانير.
فقالت أمه:
- يا ولدي هل مرادك السفر؟
قال:
- نعم،
فقالت له:
- تسافر إلى أي البلاد؟
فقال لها:
- إلى مدينة بغداد، فإن التاجر يكسب فيها المثل مثلين.
فقالت:
- يا ولدي إن أباك عنده مال كثير وإن لم يجهز لك متجرًا من ماله فأنا أجهز لك متجرًا من عندي.
فقال لها:
- خير البر عاجله، فإن كان معروفًا فإن هذا وقته.
فاحضرت العبيد وأرسلتهم إلى الذين يحزمون القماش وفتحت حاصلاً واخرجت منه قماشًا وحزموا عشرة أحمال. هذا ما كان من أمر أمه.

2

وأما ما كان من أمر أبيه، فإنه التفت فلم يجد ابنه علاء الدين في البستان، فسأل عنه فقالوا أنه ركب بغلته وراح إلى البيت.. فركب وتوجه خلفه، فلما دخل منزله رأى أحمالاً محزومة، فسأل عنها فأخبرته زوجته بما وقع من أولاد التجار لولده علاء الدين، فقال له:

- يا ولدي خيب الله الغربة، فقد قال رسول الله صلى الله عليه وسلم: من سعادة المرء أن يرزق في بلده. وقال الأقدمون: دع السفر ولو كان ميلاً.

ثم قال لولده:

- هل صممت على السفر ولا رجوع عنه؟

فقال له ولده:

- لا بد لي من السفر إلى بغداد بمتجر وإلا قلعت ثيابي ولبست ثياب الدراويش، وطلعت سائحًا في البلاد..

فقال له:

- ما أنا محتاج ولا معدم، بل عندي مال كثير وأراه جميع ما عنده من المال والمتاجر والقماش.

وقال له:

- أنا عندي لكل بلد ما يناسبها من القماش والمتاجر.

وأراه من جمل ذلك أربعين حملاً محزمين ومكتوبًا على كل حمل ثمنه ألف دينار.. ثم قال:

- يا ولدي، خذ الأربعين حملاً والعشرة أحمال التي من عند أمك وسافر مع سلامة الله تعالى.. ولكن يا ولدي أخاف عليك من غابة في طريقك تسمى غابة الأسد وواد هناك يقال له واد الكلاب، فإنهما تروح فيهما الأرواح بغير سماح.

فقال له:

- لماذا يا والدي؟

فقال:

- من بدوي قاطع الطريق يقال له عجلان..

فقال له:

- الرزق رزق الله وإن كان لي فيه نصيب لم يصبني ضرر.

ثم ركب علاء الدين مع والده وسار إلى سوق الدواب وإذا بالعكام (الذي يَعْكِمُ الأعدَال على الدَّواب ونحوها) نزل من فوق بغلته وقبل يد شاه بندر التجار وقال له:

- والله زمان يا سيدي ما استقضينا في تجارات.

فقال له:

- لكل زمان دولة ورجال ورحم الله من قال:

وشيخ في جهات الأرض يمشي ولحيته تقابل ركبتيه
فقلت له لماذا أنت محن فقال وقد لوى نحوي يديه
شبابي في الثرى قد ضاع مني وهاأنا منحن بحثاً عليه

فلما فرغ من شعره قال:

- يا مقدم، ما مراده السفر إلا ولدي هذا.

فقال له العكام:

- الله يحفظه عليك.

ثم إن شاه بندر التجار عاهد بين ولده وبين العكام وجعله ولده وأوصاه عليه وقال له:

- خذ هذه المائة دينار لغلمانك.

ثم إن شاه بندر التجار اشترى ستين بغلاً وستر السيد عبد القادر الجيلاني وقال له:

- يا ولدي، أنا غائب وهذا أبوك عوضًا عني وجميع ما يقوله لك طاوعه فيه.

ثم توجه بالبغال والغلمان وعملوا في تلك الليلة ختمة ومولد الشيخ عبد القادر الجيلاني.. ولما أصبح الصباح أعطى شاه بندر التجار لولده عشرة آلاف دينار وقال له:

- إذا دخلت بغداد ولقيت القماش رائجًا معه، فبعه وإن لقيت حاله واقفًا اصرف من هذه الدنانير.

ثم حملوا البغال وودعوا بعضهم. ثم إن علاء الدين والعكام لما أمروا العبيد أن يحملوا البغال ودعوا شاه بندر التجار والد علاء الدين، وساروا حتى خرجوا من المدينة وكان محمود البلخي قد تجهز للسفر إلى جهة بغداد. وأخرج حموله ونصب صواوينه خارج المدينة وقال في نفسه:

- ما تحظى بهذا الولد إلا في الخلاء لأنه لا واشي ولا رقيب يعكر عليك.

وكان لأب الولد ألف دينار عند محمود البلخي بقية معاملة، فذهب إليه وودعه وقال له:

- أعط الألف دينار لولدي علاء الدين.
وأوصاه عليه وقال:
- إنه مثل ولدك.
فاجتمع علاء الدين بمحمود الذي قدم لعلاء الدين المأكل والمشرب هو وجماعته، ثم توجهوا للسفر وكان للتاجر محمود البلخي أربعة بيوت واحد في مصر وواحد في الشام وواحد في حلب وواحد في بغداد.. ولم يزالوا مسافرين في البراري والقفار حتى أشرفوا على الشام.. فأرسل محمود عبده إلى علاء الدين فرآه قاعدًا يقرأ، فتقدم وقبل يديه، فقال:
- ما تطلب؟
فقال له:
- سيدي يسلم عليك ويطلبك لعزومتك في منزله.
فقال له:
- لما أشاور أبي المقدم كمال الدين العكام.
فشاوره على الرواح، فقال له:
- لا ترح..
ثم سافروا من الشام إلى أن دخلوا إلى حلب، فعمل محمود البلخي عزومة وأرسل يطلب علاء الدين، فشاور المقدم، فمنعه.. وسافروا من حلب إلى أن بقي بينهم وبين بغداد مرحلة.. فعمل محمود البلخي عزومة، وأرسل بطلب علاء الدين، فشاور المقدم فمنعه.. فقال علاء الدين:
- لا بد لي من الرواح.
ثم قام وتقلد بسيف تحت ثيابه وسار إلى أن دخل على محمود البلخي، فقام لملتقاه وسلم عليه وأحضر له سفرة عظيمة، فأكلوا وشربوا وغسلوا أيديهم.. ثم مال محمود البلخي على علاء الدين ليأخذ منه قبلة، فلاقاه بكفه، وقال له:
- ما مرادك أن تعمل؟
فقال البلخي:
- إني أحضرتك ومرادي أعمل معك حظًا في هذا المجال ونفسر قول من قال:

أيمكن أن تجيء لنا لحظه ... كجلب شويهة أو شي بيضه
وتأكل ما تيسر من خبيز ... وتقبض ما تحمل من فضيضه
وتحمل ما تشاء بغير عسر ... شبيرًا أو فتيرًا أو قبيضه

ثم إن محمود البلخي هم بعلاء الدين وأراد أن يفترسه، فقام علاء الدين وجرد سيفه وقال له:

- واشيبتاه.. أما تخشى الله؟؟ وهو شديد المحال.. ألم تسمع قول من قال:

احفظ مشيبك من عيب يدنسه إن البياض سريع الحمل للدنس

فلما فرغ علاء الدين من شعره، قال لمحمود:

- إن هذه البضاعة أمانة الله لا تباع، ولو بعتها لغيرك بالذهب لما بعتها لك بالفضة، ولكن والله يا خبيث، ما بقيت أرافقك أبدًا.

ثم رجع علاء الدين إلى المقدم كمال الدين وقال له:

- إن هذا رجل فاسق، فأنا ما بقيت أرافقه أبدًا.. ولا أمشي معه في الطريق.

فقال له:

- يا ولدي، أما قلت لك لا ترح عنده، ولكن يا ولدي إن افترقنا عنه، نخشى على أنفسنا التلف، فخلنا قفلاً واحدًا.

فقال له:

- لا يمكن أن أرافقه في الطريق أبدًا.

ثم حمل علاء الدين حموله وسار هو ومن معه إلى أن نزلوا في واد وأرادوا أن يحطوا فيه، فقال العكام:

- لا تحطوا هنا واستمروا رائحين وأسرعوا في المسير لعلنا نحصل بغداد قبل أن تقفل أبوابها فإنهم لا يفتحونها ولا يقفلونها إلا بعد الشمس خوفًا على المدينة أن يملكها الروافض، ويرموا كتب العلم في دجلة.

فقال له:

- يا والدي، أنا ما توجهت بهذا المتجر إلى هذا البلد لأجل أن أتسبب.. بل لأجل الفرجة على بلاد الناس.

فقال له:

- يا ولدي نخشى عليك وعلى مالك من العرب..

فقال له علاء الدين:

- هل أنت خادم أو مخدوم؟ أنا ما أدخل بغداد إلا في وقت الصباح لأجل أن تنظر ناس بغداد إلى متجري، ويعرفونني.

فقال له العكام:

- افعل ما تريد فأنا أنصحك وأنت تعرف خلاصك.

فأمرهم علاء الدين بتنزيل الأحمال عن البغال. فأنزلوا الأحمال ونصبوا الصيوان واستمروا مقيمين إلى نصف الليل.

***

وقبيل منتصف الليل، طلع علاء الدين يزيل ضرورة فرأى شيئًا يلمع على بعد، فقال للعكام:

- يا مقدم، ما هذا الشيء الذي يلمع؟

فتأمل العكام وحقق النظر فرأى الذي يلمع أسنة رماح وسيوفًا بدوية، وإذا بهم عرب ورئيسهم يسمى شيخ العرب عجلان أبو ناب.. ولما قرب العرب منهم ورأوا حمولهم قالوا لبعضهم:

- يا ليلة الغنيمة.

فلما سمعوهم يقولون ذلك قال المقدم كمال الدين العكام:

- حاس يا أقل العرب.

فلطشه أبو ناب بحربته في صدره فخرجت تلمع من ظهره، فوقع على باب الخيمة قتيلاً.. فقال السقا:

- حاس يا أخس العرب.

فضربوه بسيف على عاتقه فخرج يلمع من علائقه ووقع قتيلاً.. كل هذا جرى وعلاء الدين واقف ينظر. ثم إن العرب جالوا وصالوا على القافلة فقتلوهم ولم يبق أحد من طائفة علاء الدين.. ثم حملوا الأحمال على ظهور البغال وراحوا.. فقال علاء الدين لنفسه:

- ما يقتلك إلا بغلتك وبدلتك.

هذه فقام وقطع البدلة ورماها على ظهر البغلة وصار بالقميص واللباس فقط.. والتفت قدامه إلى باب الخيمة فوجد بركة دم سائلة من القتلى فصار يتمرغ فيها بالقميص واللباس حتى صار كالقتيل الغريق في دمه. هذا ما كان من أمره.

وأما ما كان من أمر شيخ العرب عجلان فإنه قال لجماعته:

- يا عرب، هذه القافلة داخلة من مصر أم خارجة من بغداد.

فقالوا له:

- داخلة من مصر إلى بغداد..

فقال لهم:

- ردوا على القتلى لأني أظن أن صاحب هذه القافلة لم يمت..

فرد العرب على القتلى وصاروا يردون القتلى بالطعن والضرب إلى أن وصلوا إلى علاء الدين وكان قد ألقى نفسه بين القتلى. فلما وصلوا إليه، قالوا:

- أنت جعلت نفسك ميتًا.. فنحن نكمل قتلك.

وسحب البدوي الحربة وأراد أن يغرزها في صدر علاء الدين، فصاح علاء الدين:

- يا بركتك يا سيدة نفيسة، هذا وقتك.

وإذا بعقرب لدغ البدوي في كفه، فصرخ.. وقال:

- يا عرب تعالوا إلي فإني لدغت.

ونزل من فوق ظهر فرسه فأتاه رفقاؤه وأركبوه ثانية على فرسه، وقالوا له:

- أي شيء أصابك؟

فقال لهم:

- لدغني عقرب..

ثم أخذوا القافلة وساروا. هذا ما كان من أمرهم.

***

وأما ما كان من أمر محمود البلخي فإنه أمر بتحميل الأحمال وسافر إلى أن وصل إلى غابة الأسد فوجد غلمان علاء الدين كلهم قتلى وعلاء الدين نائمًا وهو عريان بالقميص واللباس فقط فقال له:

- من فعل بك هذه الفعال وخلاك في أسوأ حال؟

فقال له:

- العرب؟

فقال:

- يا ولدي، فداك البغال والأموال وتسل بقول من قال:

إذا سلمت هام الرجال من الردى	فما المال إلا مثل قص الأظافر

ولكن يا ولدي انزل ولا تخشى بأسًا.

فنزل علاء الدين من شباك الصهريج وأركبه بغلة وسافروا إلى أن دخلوا مدينة بغداد في دار محمود البلخي. فأمر بدخول علاء الدين الحمام وقال له:

- المال والأحمال فداؤك يا ولدي، وإن طاوعتني أعطيك قدر مالك وأحمالك مرتين.

وبعد طلوعه من الحمام أدخله قاعة مزركشة بالذهب لها أربعة لواوين، ثم أمر بإحضار سفرة فيها جميع الأطعمة، فأكلوا وشربوا ومال محمود البلخي على علاء الدين ليأخذ من خده قبلة، فلقيها علاء الدين بكفه، وقال له:

- هل أنت إلى الآن قابع لضلالك أما قلت لك: أنا لو كنت بعت هذه البضاعة لغيرك بالذهب ما كنت أبيعها لك بالفضة؟

فقال:

- أنا ما أعطيتك المتجر والبغلة والبدلة إلا لأجل هذه القضية، فإنني من غرامي بك في خيال، ولله در من قال:

حدثنا عن بعض أشياخه	أبو بلال شيخنا عن شريك
لا يشتفي العاشق مما به	بالضم والتقبيل حتى ينيك

فقال له علاء الدين:
- إن هذا شيء لا يمكن أبدًا، فخذ بدلتك وبغلتك وافتح الباب حتى أروح.
ففتح الباب فطلع علاء الدين والكلاب تنبح وراءه وسار فبينما هو سائر إذ بباب مسجد فدخل في دهليز المسجد واستكن فيه وإذا بنور مقبل عليه فتأمله، فرأى فانوسين في يد عبدين قدام اثنين من التجار، واحد منهما اختيار حسن الوجه، والثاني شاب.. فسمع الشاب يقول للاختيار:
- بالله يا عمي أن ترد لي بنت عمي.
فقال له:
- أما نهيتك مرارًا عديدة وانت جاعل الطلاق مصحفك؟
ثم إن الاختيار التفت على يمينه فرأى ذلك الولد كأنه فلقة قمر فقال:
- يا غلام من أنت؟
فقال له:
- أنا علاء الدين بن شمس الدين شاه بندر التجار بمصر.. وتمنيت على والدي المتجر فجهز لي خمسين حملاً من البضاعة، وأعطاني عشرة آلاف دينار، وسافرت حتى وصلت إلى غابة الأسد، فطلع علي العرب وأخذوا مالي وأحمالي، فدخلت هذه المدينة وما أدري أين أبيت، فرأيت هذا المحل فاستكنت فيه.
فقال له:
- يا ولدي، ما تقول في أني أعطيك ألف دينار وبدلة بألف دينار؟
فقال له علاء الدين:
- على أي وجه تعطيني ذلك يا عمي؟
فقال له:
- إن هذا الغلام الذي معي ولم يكن لأبيه غيره وأنا عندي بنت لم يكن لي غيرها، تسمى زبيدة العودية، وهي ذات حسن وجمال، فزوجتها له وهو يحبها وهي تكرهه، فحنث يمينه بالطلاق الثلاث فما صدقت زوجته بذلك حتى افترقت منه، فشاروا علي جميع الناس أني أردها له.. فقلت له: هذا لا يصح إلا بالمحلل واتفقت معه على أن نجعل المحلل له واحدًا غريبًا لا يعايره أحد بهذا الأمر، وحيث كنت أنت غريبًا، فتعال معنا لكتب كتابك عليها وتبيت عندها هذه الليلة وتصبح تطلقها ونعطيك ما ذكرته لك.
فقال علاء الدين في نفسه:
- مبيتي ليلة مع عروس في بيت على فراش أحسن من مبيتي في الأزقة والدهاليز.

فسار علاء الدين معهما إلى القاضي. فلما نظر القاضي إلى علاء الدين وقعت محبته في قلبه وقال لأبي البنت :

- أي شيء مرادكم؟

فقال:

- مرادنا أن نعمل هذا محللاً لبنتنا، ولكن نكتب عليه حجة بمقدم الصداق عشرة آلاف دينار، فإذا بات عندها وأصبح طلقها، أعطيناه بدلة بألف دينار. فعقدوا العقد على هذا الشرط وأخذ أبو البنت حجة بذلك، ثم أخذ علاء الدين معه وألبسه البدلة وساروا به إلى أن وصلوا دار ابنته.. فأوقفه على باب الدار ودخل على ابنته، وقال لها:

- خذي حجة صداقك، فإني كتبت على شاب مليح يسمى علاء الدين أبي الشامات فتوصي به غاية الوصاية،

ثم أعطاها الحجة وتوجه إلى بيته.

وأما ابن عم البنت فإنه كان له قهرمانة تتردد على زبيدة العودية بنت عمه، وكان يحسن إليها فقال لها:

- يا أمي، إن زبيدة بنت عمي متى رأت هذا الشاب المليح لا تقبلني بعد ذلك فأنا أطلب منك أن تعملي حيلة وتمنعي الصبية عنه.

فقالت له:

- وحياة شبابك ما أخليه يقربها.

ثم إنها جاءت لعلاء الدين وقالت له:

- يا ولدي، أنصحك بالله تعالى فاقبل نصيحتي، ولا تقرب تلك الصبية ودعها تنام وحدها وتلمسها ولا تدن منها.

فقال:

- لأي شيء؟

فقالت له:

- إن جسدها ملآن بالجذام، وأخاف عليك منها أن تعدي شبابك المليح.

فقال لها:

- ليس لي بها حاجة.

ثم انتقلت إلى الصبية وقالت لها مثل ما قالت لعلاء الدين.. فقالت لها:

- لا حاجة لي به، بل أدعه ينام وحده ولما يصبح الصباح يروح لحال سبيله.

ثم دعت الجارية وقالت لها:

- خذي سفرة الطعام وأعطيها له يتعشى.

فحملت الجارية سفرة الطعام ووضعتها بين يديه، فأكل حتى اكتفى.. ثم قعد وقرأ سورة يس بصوت حسن فأصغت له الصبية، فوجدت صوته يشبه مزامير آل داود، فقالت في نفسها:

- الله ينكد على هذه العجوز التي قالت لي عليه انه مبتلى بالجذام، فمن كانت به هذه الحالة لا يكون صوته هكذا وإنما هذا الكلام كذب.

ثم إنها وضعت في يديها عودًا من صنع الهنود وأصلحت أوتاره وغنت عليه بصوت يوقف الطير في كبد السماء وأنشدت هذين البيتين:

تعشقت ظبيًا ناعس الطرف أحورا   تغار غصون البان منه إذا مشى
بما تغني والغير يحظى بوصله   وذلك فضل الله يؤتيه من يشا

فلما سمعها أنشدت هذا الكلام بعد أن ختم السورة غنى وأنشد هذا البيت:

سلامي على ما في الثياب من القد   وما في خدود البساتين من الورد

فقامت الصبية وقد زادت محبتها له ورفعت الستارة فلما رآها علاء الدين أنشد هذين البيتين:

بدت قمر ومالت غصن بان   وفاحت عنبراً ورنت غزالا
كأن الحزن مشغوف بقلبي   فساعة هجرها يجد الوصالا

ثم إنها خطر تهز أردافًا تميل بأعطاف صنعة خفي الألطاف. ونظر كل واحد منهما نظرة أعقبتها ألف حسرة، فلما تمكن في قلبه منها سهم اللحظين أنشد هذين البيتين:

بدت قمر السماء فأذكرتني   ليالي وصلها بالرقمتين
كلانا ناظر قمراً ولكن   رأيت بعينها ورأت بعيني

فلما قربت منه ولم يبقبينه وبينها غير خطوتين وأنشد هذين البيتين:

نشرت ثلاث ذوائب من شعرها   في ليلة فأرت ليالي أربعا
واستقبلت قمر السماء بوجهها   فأرتني القمرين في وقت معا

فلما أقبلت عليه قال لها:

- ابعدي عني لئلا تعديني.

فكشفت عن معصمها فانفرق المعصم فرقتين وبياضه كبياض اللجين.

ثم قالت له:

- ابعد عني فإنك مبتلى بالجذام لئلا تعديني.

فقال لها:

- وأنا الآخر أخبرتني العجوز أنك مصابة بالبرص.

ثم كشف لها عن ذراعه فوجدت بدنه كالفضة النقية فضمته إلى حضنها وضمها إلى صدره واعتنق الاثنان بعضهما. ثم أخذته وراحت على ظهرها، وفكت لباسها فتحرك عليها الذي خلفه له الوالد، فقالت:

- مددك يا شيخ زكريا يا أبا العروق.

وحط يديه على خاصرتيها، ووضع عرق الحلاوة في الخرق فوصل إلى باب الشعرية، وكان مورده من باب الفتوح، وبعد ذلك دخل سوق الاثنين والثلاثاء والأربعاء والخميس فوجد البساط على قدر الليوان. ودور الحق على غطاه حتى ألقاه.

فلما أصبح الصباح قال لها:

- يا فرحة ما تمت أخذها الغراب وطار.

فقالت له:

- ما معنى هذا الكلام؟

فقال لها:

- سيدتي ما بقي لي قعود معك غير هذه الساعة.

فقالت له:

- من يقول ذلك؟

فقال لها:

- إن أباك كتب علي حجة بعشرة آلاف دينار مهرك وإن لم أوردها هذا اليوم، حبسوني عليها في بيت القاضي، والآن يدي قصيرة عن نصف فضة واحد من العشرة آلاف دينار.

فقالت له:

- يا سيدي هل العصمة بيدك أو بأيديهم؟

فقال لها:

- العصمة بيدي ولكن ما معي شيء..

فقالت له:

- إن الأمر سهل ولا تخشى شيئًا، ولكن خذ هذه المائة دينار ولو كان معي غيرها لأعطيتك ما تريد، فإن أبي من محبته لابن أخيه حول جميع ماله من عندي إلى بيته.. حتى صيغتي أخذها كلها.. وإذا أرسل إليك رسولاً من طرف الشرع في غد، وقال لك القاضي وأبي: طلق.. فقل لهما: في أي مذهب يجوز أنني أتزوج في العشاء وأطلق في الصباح؟ ثم إنك تقبل يد القاضي وتعطيه إحسانًا.. وكذا كل شاهد تقبل يده وتعطيه عشرة دنانير، فكلهم يتكلمون معك، فإذا قالوا لك: لأي شيء ما تطلق؟؟ وتأخذ ألف دينار

والبغلة والبدلة على حكم الشرط الذي شرطناه عليك؟ فقل لهم: أنا ما عندي فيها كل شعرة بألف دينار ولا أطلقها أبدًا.. ولا آخذ بدلة ولا غيرها.. فإذا قال لك القاضي: ادفع المهر.. فقل له: أنا معسر الآن. وحينئذ يسترفق بك القاضي والشهود ويمهلونك مدة.

فبينما هما في الكلام، وإذا برسول القاضي يدق الباب فخرج إليه، فقال له الرسول:

- كلم الأفندي، فإن نسيبك طالبك.

فأعطاه خمسة دنانير، وقال له:

- يا محضر في أي شرع أني أتزوج في العشاء وأطلق في الصباح؟

فقال له:

- لا يجوز عندنا أبدًا.. وإن كنت تجهل الشرع فأنا أعمل وكيلك.

وساروا إلى المحكمة، فقالوا له:

- لأي شيء لم تطلق المرأة وتأخذ ما وقع عليه الشرط؟

فتقدم إلى القاضي وقبل يده ووضع فيها خمسين دينارًا وقال له:

- يا مولانا القاضي في أي مذهب أني أتزوج في العشاء وأطلق في الصباح قهرًا عني؟

فقال القاضي:

- لا يجوز الطلاق بالإجبار في أي مذهب من المسلمين..

فقال أبو الصبية:

- إن لم تطلق فادفع الصداق عشرة آلاف دينار.

فقال علاء الدين:

- أمهلني ثلاثة أيام.

فقال القاضي:

- لا تكفي ثلاثة أيام في المهلة، يمهلك عشرة أيام..

واتفقوا على ذلك وشرطوا عليه يدفع بعد عشرة أيام وإما الطلاق، فطلع من عندهم على هذا الشرط.. فأخذ اللحم والأرز والسمن وما يحتاج إليه من المأكل وتوجه إلى البيت، فدخل على الصبية وحكى جميع ما جرى له بين الليل والنهار يساوي عجائب ولله در من قال:

كن حليماً إذا بليت بغيظ وصبوراً إذا أتتك مصيبة
فالليالي من الزمان حبالى مثقلات يلدن كل عجيبة

ثم قامت وهيأت الطعام وأحضرت السفرة، فأكلا وشربا وتلذذا وطربا، ثم طلب منها أن تعمل نوبة سماع فأخذت العود وعملت نوبة يطرب منها

الحجر الجلمود.. ونادت الأوتار في الحضرة يا داود ودخلت في دارج النوبة.. فبينما هما في حظ ومزاح وبسط وانشراح، وإذا بالباب يطرق فقالت له:
- قم انظر من بالباب.
فنزل وفتح الباب، فوجد أربعة دراويش واقفين فقال لهم:
- أي شيء تطلبون؟
فقالوا له:
- يا سيدي، نحن دراويش غرباء الديار وقوت روحنا السماع ورقائق الأشعار، ومرادنا أن نرتاح عندك هذه الليلة إلى وقت الصباح ثم نتوجه إلى حال سبيلنا.. وأجرك على الله تعالى، فإننا نعشق السماع وما فينا واحد إلا ويحفظ القصائد والأشعار والموشحات.
فقال لهم:
- علي مشورة.
ثم طلع وأعلمها فقالت له:
- افتح لهم الباب وأطلعهم وأجلسهم ورحب بهم، ففعل.. ثم أحضر لهم طعامًا، فلم يأكلوا وقالوا له:
- يا سيدي إن زاردنا ذكر الله بقلوبنا، وسماع المغاني بآذاننا، ولله در من قال:

وأم القصد إلا أن يكون اجتماعنا وما الأكل إلا سمة البهائم

وقد كنا نسمع عندك سماعًا لطيفًا، فلما طلعنا بطل السماع فيا هل ترى التي كانت تعمل النوبة جارية بيضاء أو سوداء أو بنت ناس؟
فقال لهم:
- هذه زوجتي.
وحكى لهم كل ما جرى له وقال لهم:
- إن نسيبي عمل علي عشرة آلاف دينار مهرها وأمهلوني عشرة أيام..
فقال درويش منهم:
- لا تحزن ولا تأخذ في خاطرك إلا الطيب فأنا شيخ التكية، وتحت يدي أربعون درويشًا أحكم عليهم، وسوف أجمع لك العشرة آلاف دينار منهم.. وتوفي المهر الذي عليك لنسيبك ولكن قل لها أن تعمل لنا نوبة لأجل نحظى بسماعها ويحصل لنا انتعاش فإن السماع لقوم كالغذاء لقوم ولقوم كالدواء ولقوم كالمروحة.

***

3

وكان هؤلاء الدراويش الأربعة: الخليفة هارون الرشيد والوزير جعفر البرمكي وأبو نواس الحسن بن هانئ ومسرور سياف النقمة، وسبب مرورهم على هذا البيت أن الخليفة حصل له ضيق صدر فقال للوزير:

- إن مرادنا أن ننزل ونشق في المدينة لأنه حاصل عندي ضيق صدر.

فلبسوا لبس الدراويش ونزلوا في المدينة فجازوا على تلك الدار فسمعوا النوبة فأحبوا أن يعرفوا حقيقة الأمر، ثم إنهم باتوا في حظ ونظام ومناقلة كلام إلى أن أصبح الصباح، فحط الخليفة مائة دينار تحت السجادة ثم أخذوا خاطره وتوجهوا إلى حال سبيلهم.. فلما رفعت الصبية السجادة رأت مائة دينار تحتها فقالت لزوجها :

- خذ هذه المائة دينار التي وجدتها تحت السجادة لأن الدراويش حطوها قبل ما يروحوا.. وليس عندنا علم بذلك.

فأخذها علاء الدين وذهب إلى السوق واشترى اللحم والأرز والسمن وكل ما يحتاج إليه..

وفي ثاني ليلة أوقد الشمع في وقال لزوجته زبيدة:

- إن الدراويش لم يأتوا بالعشرة آلف دينار التي وعدوني بها ولكن هؤلاء فقراء.

فبينما هما في الكلام وإذا بالدراويش قد طرقوا الباب، فقالت له:

- انزل افتح لهم.

ففتح لهم وطلعوا، فقال لهم:

- هل أحضرتم العشرة آلاف دينار التي وعدتموني بها؟

فقالوا:

- ما تيسر منها شيء ولكن لا تخشى بأسًا، إن شاء الله في غد نطبخ لك طبخة كيمياء.. فأمر زوجتك أن تسمعنا نوبة على العود ترقص الحجر الجلمود.

فباتوا في هناء وسرور ومسامرة وحبور إلى أن طلع الصباح وأضاء بنوره ولاح، فحط الخليفة مائة دينار تحت السجادة.. ثم أخذوا خاطره وانصرفوا من عنده إلى حال سبيلهم. ولم يزالوا يأتون إليه على هذه الحال مدة تسع ليال.. وكل ليلة يحط الخليفة تحت السجادة مائة دينار إلى أن أقبلت الليلة

العاشرة.. فلم يأتوا وكان السبب في انقطاعهم أن الخليفة أرسل إلى رجل عظيم من التجار وقال له:
- أحضر لي خمسين حملاً من الأقمشة التي تجئ من مصر يكون كل حمل ثمنه ألف دينار واكتب على كل حمل ثمنه وأحضر لي عبدًا حبشيًا.
فأحضر له التاجر كل ما أمره به الخليفة، ثم إن الخليفة أعطى العبد طشتًا وإبريقًا من الذهب وهدية والخمسين حملاً.. وكتب كتابًا على لسان شمس الدين شاه بندر التجار بمصر والد علاء الدين وقال له:
- خذ هذه الأحمال وما معها واذهب بها إلى الحارة الفلانية التي فيها بيت شاه بندر التجار واسأل عن سيدك علاء الدين أبو الشامات، فإن الناس يدلونك على الحارة وعلى البيت.
فأخذ العبد الأحمال وما معها وتوجه كما أمره الخليفة. هذا ما كان من أمره.

***

وأما ما كان من أمر ابن عم الصبية، فإنه توجه إلى أبيها وقال له:
- تعالى نروح لعلاء الدين لنطلق بنت عمي.
فنزل وسار هو وأبوها وتوجها إلى علاء الدين.. فلما وصلا إلى البيت، وجدا خمسين بغلاً وعليها خمسين حملاً من القماش وعبدًا راكب بغلة، فقالا له:
- لمن هذه الأحمال؟
فقال:
- لسيدي علاء الدين أبو الشامات، فإن أباه كان قد جهز له متجرًا وسفره إلى مدينة بغداد، فطلع عليه العرب فأخذوا ماله وأحماله فبلغ الخبر إلى أبيه فأرسلني إليه بأحمال عوضها.. وأرسل معي بغلاً عليه خمسون ألف دينار، وبقجة تساوي جملة من المال.. وكرك سمور وطشتًا وإبريقًا من الذهب.
فقال أبوالبنت:
- هذا نسيبي وأنا أدلك على بيته.
فبينما علاء الدين قاعد في البيت وهو في غم شديد، وإذا بالباب يطرق، فقال علاء الدين:
- يا زبيدة، الله أعلم أن أباك أرسل لي رسولاً من طرف القاضي أو من طرف الوالي.
فقالت له:
- انزل وانظر الخبر.

فنزل وفتح الباب، فرأى نسيبه شاه بندر التجار أبا زبيدة ورأى عبدًا حبشيًا أسمر اللون حلو المنظر راكبًا فوق بغلة.. فنزل العبد وقبل يديه فقال له:

- أي شيء تريد؟

فقال له العبد:

- أنا عبد سيدي علاء الدين أبي الشامات بن شمس الدين شاه بندر التجار بأرض مصر.. وقد أرسلني إليه أبوه بهذه الأمانة.

ثم أعطاه الكتاب فأخذه علاء الدين وفتحه وقرأه فرأى مكتوبًا فيه:

يا كتابي إذا رآك حبيبي   قبل الأرض والنعال لديه

وتمهل ولا تكن بعجول   إن روحي وراحت في يديه

بعد السلام والتحية والإكرام من شمس الدين إلى ولده علاء الدين: اعلم يا ولدي أنه بلغني خبر قتل رجالك ونهب أموالك وأحمالك، فأرسلت إليك غيرها هذه الخمسين حملاً من القماش المصري، والبدلة والكرك السمور والطشت والإبريق الذهب.. ولا تخشى بأسًا، والمال فداؤك يا ولدي ولا يحصل لك حزن أبدًا، وإن أمك وأهل البيت طيبون بخير وهم يسلمون عليك كثير السلام. وبلغني يا ولدي خبر وهو أنهم عملوك محللاً للبنت زبيدة العودية، وعملوا عليك مهرها خمسين ألف دينار فهي واصلة إليك صحبة الأحمال مع عبدك سليم..

فلما فرغ من قراءة الكتاب تسلم الأحمال، ثم التفت إلى نسيبه وقال له:

- يا نسيبي، خذ الخمسين ألف دينار مهر ابنتك زبيدة وخذ الأحمال تصرف فيها ولك المكسب، ورد لي رأس المال.

فقال له:

- لا والله لا آخذ شيئًا.. وأما مهر زوجتك فاتفق أنت وإياها من جهته.

فقام علاء الدين هو ونسيبه ودخلا البيت بعد إدخال الحمول، فقالت زبيدة لأبيها:

- يا أبي لمن هذه الأحمال؟

فقال لها:

- هذه الأحمال لعلاء الدين زوجك أرسلها إليه أبوه عوضًا عن الأحمال التي أخذها العرب منه، وأرسل إليه الخمسين ألف دينار، وبقجة وكرك سمور وبغلة وطشتًا وإبريقًا ذهبًا، وأما من جهة مهرك، فالرأي فيه لك ..

فقام علاء الدين وفتح الصندوق وأعطاها إياه.. فقال الولد ابن عم البنت:

- يا عم، خل علاء الدين يطلق لي امرأتي؟

قال له:

- هذا شيء ما بقي يصح أبدًا والعصمة بيده..

فراح الولد مهمومًا مقهورًا ورقد في بيته ضعيفًا فكانت القاضية فمات.

***

وأما علاء الدين، فإنه طلع إلى السوق بعد أن أخذ الأحمال وأخذ ما يحتاج إليه من المأكل والمشرب والسمن، وعمل نظامًا مثل كل ليلة، وقال لزبيدة:

- انظري هؤلاء الدراويش الكذابين قد وعدونا وأخلفوا وعدهم..

فقالت له:

- أنت ابن شاه بندر التجار وكانت يدك قصيرة عن نصف فضية فكيف بالمساكين الدراويش؟

فقال لها:

- أغنانا الله تعالى عنهم ولكن ما بقيت أفتح لهم الباب إذا أتوا إلينا.

فقالت له:

- لأي شيء والخير ما جاءنا إلا إلى قدومهم، وكل ليلة يحطون تحت السجادة لنا مائة دينار، فلا بد أن تفتح لهم الباب إذا جاؤوا.

فلما ولى النهار بضيائه وأقبل الليل، أوقد الشمع وقال لها:

- يا زبيدة، قومي اعملي لنا نوبة.

وإذا بالباب يطرق، فقالت له:

- قم انظر من بالباب.

فنزل وفتح الباب رآهم الدراويش، فقال:

- مرحبًا بالكذابين.. اطلعوا.

فطلعوا معه وأجلسهم وجاء لهم بسفرة الطعام، فأكلوا وشربوا وتلذذوا، وبعد ذلك قالوا له:

- يا سيدي، إن قلوبنا عليك مشغولة.. أي شيء جرى لك مع نسيبك؟

فقال لهم:

- عوض الله علينا بما فوق المراد.

فقالوا له:

- والله إنا كنا خائفين عليك وما منعنا إلا قصر أيدينا عن الدراهم.

فقال لهم:

- قد أتاني الفرج القريب من ربي، وقد أرسل لي والدي خمسين ألف دينار وخمسين حملاً من القماش ثمن كل حمل ألف دينار وبدلة وكرك سمور وبغلة وعبدًا وطشتًا وإبريقًا من الذهب، ووقع الصلح بيني وبين نسيبي، وطابت لي زوجتي والحمد لله على ذلك.

ثم إن الخليفة قام يزيل ضرورة فمال الوزير جعفر على علاء الدين، وقال له:

- الزم الأدب فإنك في حضرة أمير المؤمنين.

فقال له:

- أي شيء وقع مني من قلة الأدب في حضرة أمير المؤمنين، ومن هو أمير المؤمنين منكم؟

فقال له:

- إنه الذي كان يكلمك، وقام يزيل الضرورة هو أمير المؤمنين الخليفة هارون الرشيد.. وأنا الوزير جعفر البرمكي.. وهذا مسرور سياف نقمته.. وهذا أبو نواس الحسن بن هانئ.. فتأمل بعقلك يا علاء الدين وانظر مسافة كم يوم في السفر من مصر إلى بغداد؟

فقال له:

- خمسة وأربعون يومًا.

فقال له:

- إن حمولك نهبت منذ عشرة أيام فقط فكيف يروح الخبر لأبيك ويجزم لك الأحمال وتقطع مسافة خمسة وأربعين يومًا في عشرة أيام؟

فقال له:

- يا سيدي، ومن أين أتاني هذا؟

فقال له:

- من عند الخليفة أمير المؤمنين بسبب فرط محبته لك.

فبينما هما في هذا الكلام وإذا بالخليفة قد أقبل، فقام علاء الدين وقبل الأرض بين يديه، وقال له:

- الله يحفظك يا أمير المؤمنين ويديم بقاءك، ولا عدم الناس فضلك وإحسانك.

فقال:

- يا علاء الدين، خل زبيدة تعمل لنا نوبة حلاوة السلامة.

فعملت النوبة على العود من غرائب الموجود إلى أن طرب لها الحجر الجلمود.. وصباح العود في الحضرة يا داود.. فباتوا على أسر حال إلى الصباح، فلما أصبحوا، قال الخليفة لعلاء الدين:

- في غد اطلع الديوان.

فقال له:

- سمعًا وطاعة يا أمير المؤمنين، إن شاء الله تعالى، وأنت بخير..

ثم إن علاء الدين أخذ عشرة أطباق ووضع فيها هدية سنية، وطلع بها الديوان في ثاني يوم، فبينما الخليفة قاعد على الكرسي في الديوان، وإذا بعلاء الدين مقبل من باب الديوان وهو ينشد هذين البيتين:

تصحبك السعادة كل يوم   بإجلال على رغم الحسود
ولا زالت الأيام لك بيضاً   وأيام الذي عاداك سود

فقال له الخليفة:

- مرحبًا يا علاء الدين..

فقال له علاء الدين:

- يا أمير المؤمنين، إن النبي صلى الله عليه وسلم قبل الهدية، وهذه عشرة أطباق وما فيها هدية مني إليك ..

فقبل منه ذلك أمير المؤمنين وأمر له بخلعة سنية وجعله شاه بندر، وأقعده في الديوان. فبينما هو جالس وإذا بنسيبه أبي زبيدة مقبل، فوجد علاء الدين جالسًا في رتبته وعليه خلعة، فقال لأمير المؤمنين:

- يا ملك الزمان لأي شيء هذا جالس في رتبتي وعليه هذه الخلعة؟

فقال له الخليفة:

- إني جعلته شاه بندر التجار والمناصب تقليد لا تخليد وأنت معزول..

فقال له:

- إنه منا وإلينا، ونعم ما فعلت يا أمير المؤمنين، الله يجعل خيارنا أولياء أمورنا، وكم من صغير صار كبيرًا..

ثم إن الخليفة كتب فرمانًا لعلاء الدين، وأعطاه للوالي والوالي أعطاه للمشاعل، ونادى في الديوان:

- ما شاه بندر التجار إلا علاء الدين أبو الشامات، وهو مسموع الكلمة محفوظ الحرمة، يجب له الإكرام والاحترام، ورفع المقام.

فلما انفض الديوان نزل الوالي بالمنادي بين يدي علاء الدين وصار المنادي يقول:

ما شاه بندر التجار إلا سيدي علاء الدين أبو الشامات.

فلما أصبح الصباح، فتح دكانًا للعبد وأجلسه فيه يبيع ويشتري وأما علاء الدين فإنه كان يركب ويتوجه إلى مرتبته في ديوان الخليفة. فاتفق أنه جلس في مرتبته يومًا على عادته فبينما هو جالس وإذا بقائل يقول للخليفة:

- يا أمير المؤمنين تعيش رأسك في فلان النديم، فإنه توفي إلى رحمة الله تعالى، وحياتك الباقية.

فقال الخليفة:

- أين علاء الدين أبو الشامات؟

فحضر بين يديه. فلما رآه خلع عليه خلعة سنية وجعله نديمه وكتب له جامكية ألف دينار في كل شهر، وأقام عنده يتنادم معه، فاتفق أنه كان جالسًا يومًا من الأيام في مرتبته على عادته في خدمة الخليفة وإذا بأحد الأمراء طالع إلى الديوان بسيف وترس وقال:

- يا أمير المؤمنين يعيش رأسك رئيس الستين فإنه مات في هذا اليوم.

فأمر الخليفة لعلاء الدين أبي الشامات وجعله رئيس الستين مكانه.. وكان رئيس الستين لا ولد له ولا زوجة، فنزل علاء الدين ووضع يده على ماله، وقال الخليفة لعلاء الدين:

- واره في التراب وخذ جميع ما تركه من مال وعبيد وجوار وخدم.

ثم نفض الخليفة المنديل وانفض الديوان فنزل علاء الدين وفي ركابه المقدم أحمد الدنف مقدم ميمنة الخليفة هو وأتباعه الأربعون وفي يساره المقدم حسن شومان مقدم ميسرة الخليفة وأتباعه الأربعون.. فالتفت علاء الدين وقال لهم:

- أنتم سياق على المقدم أحمد الدنف لعله يقبلني ولده في عهد الله.

فقبله وقال له:

- أنا واتباعي نمشي قدامك إلى الديوان في كل يوم.

ثم إن علاء الدين مكث في خدمة الخليفة مدة أيام، فاتفق أن علاء الدين نزل من الديوان يومًا من الأيام وسار إلى بيته وصرف أحمد الدنف ومن معه في سبيلهم، ثم جلس مع زوجته زبيدة العودية وقد أوقدت الشموع، وبعد ذلك قامت تزيل ضرورة، فبينما هو جالس في مكانه إذ سمع صرخة عظيمة فقام مسرعًا لينظر الذي صرخ، فرأى صاحب الصرخة زبيدة العودية وهي مطروحة أرضًا.. فوضع يده على صدرها، فوجدها ميتة.. وكان بيت أبيها قدام بيت علاء الدين فسمع صرختها.. فقال لعلاء الدين:

- ما الخبر يا سيدي علاء الدين؟

فقال له:

- يعيش رأسك يا والدي في بنتك زبيدة العودية، ولكن يا والدي إكرام الميت دفنه.

فلما أصبح الصباح واروها التراب، وصار علاء الدين يعزي أباها وأباها يعزيه. هذا ما كان من أمر زوجته، وأما ما كان من أمر علاء الدين فإنه لبس ثياب الحزن، وانقطع عن الديوان وصار باكي العين حزين القلب، فقال الخليفة لجعفر:

- يا وزيري، ما سبب انقطاع علاء الدين عن الديوان؟

فقال له الوزير:

- يا أمير المؤمنين، إنه حزين القلب على زوجته زبيدة.. ومشغول بعزائها..

فقال الخليفة للوزير:

- واجب علينا أن نعزيه.

فقال الوزير:

- سمعًا وطاعة، ثم نزل الخليفة هو والوزير وبعض الخدم وتوجهوا إلى بيت علاء الدين.. فبينما هو جالس وإذا بالخليفة والوزير معه مقبلون عليه، فقام لملتقاهم وقبل الأرض بين يدي الخليفة، فقال له:

- عوضك الله خيرًا؟

فقال علاء الدين:

- أطال الله لنا بقاءك يا أمير المؤمنين.

فقال له الخليفة:

- يا علاء الدين، ما سبب انقطاعك عن الديوان؟

فقال له:

- حزني على زوجتي زبيدة يا أمير المؤمنين.

فقال له الخليفة:

- ادفع الهم عن نفسك فإنها ماتت إلى رحمة الله تعالى، والحزن عليها لا يفيدك شيئًا أبدًا.

فقال:

- يا أمير المؤمنين، إنا لا أترك الحزن عليها إلا إذا مت ودفنوني عندها.

فقال له الخليفة:

- إن في الله عوضًا من كل فائت ولا يخلص من الموت حيلة ولا مال، ولله در من قال:

| كل ابن أنثى وإن طالت سلامته | يوماً على آلة حدباء محمول |
| وكيف يلهو بعيش أو يلذ له | من التراب على حديه جعول |

و لما فرغ الخليفة من تعزيته، أوصاه أنه لا ينقطع عن الديوان، وتوجه إلى محله وبات علاء الدين.. ولما أصبح الصباح، ركب وسار إلى الديوان فدخل على الخليفة وقبل الأرض بين يديه، فتحرك له الخليفة من على الكرسي ورحب به، وحياه وأنزله في منزلته، وقال له:

- يا علاء الدين، أنت ضيفي في هذه الليلة.

ثم دخل به سرايته ودعا بجارية تسمى قوت القلوب، وقال لها:

- إن علاء الدين كان عنده زوجة تسمى زبيدة العودية، وكانت تسليه عن الهم والغم فماتت إلى رحمة الله تعالى، ومرادي أن تسمعيه نوبة على العود من غرائب الموجود لأجل أن يتسلى عن الهم والأحزان.

فقامت الجارية، وعملت نوبة من الغرائب، فقال الخليفة:

- ما تقول يا علاء الدين في صوت هذه الجارية؟

فقال له:

- إن زبيدة أحسن صوتًا منها، إلا أنها صاحبة صناعة في ضرب العود، لأنها تطرب الحجر الجلمود.

فقال له:

- هل هي أعجبتك؟

فقال له:

- أعجبتني يا أمير المؤمنين.

فقال الخليفة:

- وحياة رأسي وتربة جدودي أنها هبة مني إليك، هي وجواريها.

فظن علاء الدين أن الخليفة يمزح معه، فلما أصبح الخليفة دخل على جاريته قوت القلوب.. وقال لها:

- أنا وهبتك لعلاء الدين.

ففرحت بذلك، لأنها رأته وأحبته، ثم تحول الخليفة من قصر السرايا إلى الديوان ودعا بالحمالين وقال لهم:

- انقلوا أمتعة قوت القلوب وحطوها في التختروان هي وجواريها إلى بيت علاء الدين.

فنقلوها هي وجواريها وأمتعتها وأدخلوها القصر وجلس الخليفة في مجلس الحكم إلى آخر النهار، ثم انفض الديوان ودخل قصره. هذا ما كان من أمره.

***

4

أما ما كان من أمر قوت القلوب، فإنها لما دخلت قصر علاء الدين هي وجواريها وكانوا أربعين جارية غير الطواشية، قالت لاثنين من الطواشية:

- أحدكما يقعد على كرسي في ميمنة الباب والثاني يقعد على كرسي في ميسرته، وحين يأتي علاء الدين قبلا يديه وقولا له: إن سيدتنا قوت القلوب تطلبك إلى القصر، فإن الخليفة وهبها لك هي وجواريها.

فقالا:

- سمعًا وطاعة.

ثم فعلا ما أمرتهما به فلما أقبل علاء الدين وجد اثنين من طواشية الخليفة جالسين بالباب، فاستغرب الأمر وقال في نفسه: لعل هذا ما هو بيتي وإلا فما الخبر؟ فلما رأته، الطواشية قاموا إليه وقبلوا يديه، وقالوا:

- نحن من أتباع الخليفة ومماليك قوت القلوب، وهي تسلم عليك وتقول لك أن الخليفة قد وهبها لك هي وجواريها، وتطلبك عندها.

فقال لهم:

- قولوا لها: مرحبا بك ولكن ما دامت عندي ما أدخل القصر الذي هي فيه، لأن ما كان للمولى لا يصلح أن يكون للخدام. وقولا لها: ما مقدار مصروفك عند الخليفة في كل يوم؟

فطلعوا إليها وقالوا لها ذلك.. فقالت:

- كل يوم مائة دينار.

فقال لنفسه:

- أنا ليس لي حاجة بأن يهب لي الخليفة قوت القلوب حتى أصرف عليها هذا المصروف ولكن لا حيلة في ذلك.

ثم إنها أقامت عنده مدة أيام، وهو مرتب لها في كل يوم مائة دينار.. إلى أن انقطع علاء الدين عن الديوان يومًا من الأيام، فقال الخليفة للوزير جعفر:

- أنا ما وهبت قوت القلوب لعلاء الدين إلا لتسليته عن زوجته، وما سبب انقطاعه؟

فقال جعفر:

- لعله ما قطعه عنا إلا عذر، ولكن نحن نزوره.

وكان قبل ذلك بأيام قال علاء الدين للوزير:

- أنا شكوت للخليفة ما أجده من الحزن على زوجتي زبيدة العودية فوهب لي قوت القلوب.
فقال له الوزير:
- لولا أنه يحبك ما وهبها لك، وهل دخلت بها يا علاء الدين؟
- فقال: لا والله لا أعرف لها طولاً من عرض.
فقال له:
- ما سبب ذلك؟
فقال:
- يا وزير الذي يصلح للمولى لا يصلح للخدام.
ثم إن الخليفة وجعفر اختفيا وسارا لزيارة علاء الدين ولم يزالا سائرين إلى أن دخلا على علاء الدين فعرفهما وقام وقبل يد الخليفة، فلما رآه الخليفة وجد عليه علامة الحزن، فقال له:
- يا علاء الدين، ما سبب هذا الحزن الذي أنت فيه؟؟ أما دخلت على قوت القلوب؟
فقال:
- يا أمير المؤمنين، الذي يصلح للمولى لا يصلح للخدام، وإني إلى الآن ما دخلت عليها ولا أعرف لها طولاً من عرض.. فأقلني منها..
فقال الخليفة:
- إن مرادي الاجتماع بها حتى أسألها عن حالها.
فقال علاء الدين:
- سمعًا وطاعة يا أمير المؤمنين.
فدخل عليها الخليفة. فلما رأته قامت وقبلت الأرض بين يديه، فقال لها:
- هل دخل بك علاء الدين؟
فقالت:
- لا يا أمير المؤمنين وقد أرسلت أطلبه للدخول، فلم يرض..
فأمر الخليفة برجوعها إلى السرايا، وقال لعلاء الدين:
- لا تنقطع عنا..
ثم توجه الخليفة إلى داره.. فبات علاء الدين تلك الليلة، ولما أصبح ركب وسار إلى الديوان فجلس في رتبة رئيس الستين، فأمر الخليفة الخازندار يعطي للوزير جعفر عشرة آلف دينار، فأعطاه ذلك المبلغ.. ثم قال الخليفة للوزير:

- ألزمتك أن تنزل إلى سوق الجواري وتشتري لعلاء الدين بالعشرة آلف دينار جارية.
فامتثل الوزير لأمر الخليفة وأخذ معه علاء الدين وسار به إلى سوق الجواري.

***

فاتفق في هذا اليوم أن والي بغداد الذي من طرف الخليفة وكان اسمه الأمير خالد نزل إلى السوق لأجل شراء جارية لولده، وسبب ذلك أنه كان له زوجة تسمى خاتون وكان رزق منها بولد قبيح المنظر يسمى حبظلم بظاظة.. وكان بلغ من العمر عشرين سنة، ولا يعرف أن يركب الحصان وكان أبوه شجاعًا قرمًا مناعًا، وكان يركب الخيل ويخوض بحار الليل.. فنام حبظلم بظاظة في ليلة من الليالي فاحتلم، فأخبر والدته بذلك ففرحت وأخبرت والده بذلك وقالت:
- مرادي أن تزوجه فإنه صار يستحق الزواج.
فقال لها:
- هذا قبيح المنظر كريه الرائحة دنس وحش لا تقبله واحدة من النساء.
فقالت:
- تشتري له جارية.
فلأمر قدره الله تعالى أن اليوم الذي نزل فيه الوزير وعلاء الدين إلى السوق، نزل فيه الأمير خالد الوالي هو وولده حبظلم بظاظة. فبينما هم في السوق، وإذا بجارية ذات حسن وجمال وقد واعتدال في يد رجل دلال.. فقال الوزير:
- شاور يا دلال عليها بألف دينار.
فمر بها على الوالي، فرآها حبظلم بظاظة نظرة أعقبتها ألف حسرة وتولع بها وتمكن منه حبها.. فقال:
- يا أبت اشتري هذه الجارية.
فنادى الدلال، وسأل الجارية عن اسمها فقالت له:
- اسمي ياسمين.
فقال له أبوه يا ولدي إن كانت أعجبتك فزد في ثمنها.
فقال:
- يا دلال كم معك من الثمن؟
قال:
- ألف دينار.
قال:

- علي بألف دينار ودينار.

فجاء لعلاء الدين فعملها بألفين.. فصار كلما يزيد ابن الوالي دينارًا في الثمن يزيد علاء الدين ألف دينار.. فاغتاظ ابن الوالي وقال:

- يا دلال من يزيد علي في ثمن الجارية؟

فقال له الدلال:

- إن الوزير جعفر يريد أن يشتريها لعلاء الدين أبي الشامات، فعملها علاء الدين بعشرة آلف دينار، فسمح له سيدها وقبض ثمنها..

وأخذها علاء الدين وقال لها:

- أعتقتك لوجه الله تعالى.

ثم إنه كتب كتابه عليها وتوجه بها إلى البيت، ورجع الدلال ومعه دلالته، فناداه ابن الوالي وقال له:

- أين الجارية؟

فقال له:

- اشتراها علاء الدين بعشرة آلاف دينار وأعتقها وكتب كتابه عليها، فانكمد الولد وزادت به الحسرات ورجع ضعيفًا إلى البيت من محبته لها، وارتمى في الفراش وقطع الزاد وزاد به العشق والغرام. فلما رأته أمه ضعيفًا، قالت له:

- سلامتك يا ولدي ما سبب ضعفك؟

قال لها:

- اشتري لي ياسمين يا أمي.

قالت له:

- لما يفوت صاحب الرياحين، أشتري لك جنينة ياسمين.

فقال لها:

- ليس الياسمين الذي يشم وإنما هي جارية اسمها ياسمين، لم يشترها لي أبي.

فقالت لزوجها:

- لأي شيء ما اشتريت له هذه الجارية؟

فقال لها:

- الذي يصلح للمولى لا يصلح للخدام، وليس لي قدرة على أخذها فإنه ما اشتراها إلا علاء الدين رئيس الستين.. فزاد الضعف بالولد حتى جفا الرقاد وتعصبت أمه بعصائب الحزن.

فبينما هي في بيتها حزينة على ولدها، وإذا بعجوز دخلت عليها اسمها أم أحمد قماقم السراق، وكان ابنها سارق ينقب وسطانيًا ويلقف فرقانيًا ويسرق الكحل من العين، وكان بهذه الصفات القبيحة في أول أمره ثم عملوه مقدم الدرك، فسرق عاملة ووقع به.. فهجم عليه الوالي فأخذه وعرضه على الخليفة، فأمر بقتله في بقعة الدم.. فاستجار بالوزير، وكان للوزير عند الخليفة شفاعة لا ترد، فشفع فيه فقال له الخليفة:

- كيف تشفع في آفة تضر الناس؟

فقال له:

- يا أمير، فإن الذي بنى السجن كان حكيمًا، لأن السجن قبر الأحياء، وشماتة الأعداء.

فأمر الخليفة بوضعه في السجن في قيد وكتب عليه قيد مخلد إلى الممات لا يفك إلا على دكة المغسل.. فوضعوه مقيدًا في السجن.. وكانت أمه تتردد على بيت الأمير خالد الوالي وتدخل لابنها في السجن وتقول له:

- أما قلت لك تب عن الحرام؟

فيقول لها:

- قدر الله ذلك ولكن يا أمي إذا دخلت على زوجة الوالي فخليها تشفع لي عنده.

فلما دخلت العجوز على زوجة الوالي وجدتها معصبة بعصائب الحزن، فقالت لها:

- ما لك حزينة؟

فقالت لها:

- على فقد ولدي حبظلم بظاظة.

فقالت لها:

- سلامة ولدك ما الذي أصابه؟

فحكت لها الحكاية، فقالت لها العجوز:

- ما تقولين فيمن يلعب منصفًا يكون فيه سلامة ولدك؟

فقالت لها:

- وما الذي تفعلينه؟

فقالت:

- أنا لي ولد يسمى أحمد قماقم السراق، وهو مقيد في السجن مكتوب على قيده مخلد إلى الممات، فأنت تقومين وتلبسين أفخر ما عندك وتتزينين بأحسن الزينة وتقابلين زوجك ببشر وبشاشة، فإذا طلب منك ما يطلبه

الرجال من النساء فامتنعي منه، ولا تمكنيه وقولي له: يا لله العجب إذا كان للرجل حاجة عند زوجته يلح عليها حتى يقضيها منها، وإذا كان للزوجة عند زوجها حاجة فإنه لا يقضيها لها.. فيقول لك: وما حاجتك؟؟ فتقولي له: حتى تحلف لي.. فإذا حلف لك بحياة رأسه وبالله، فقولي له: احلف لي بالطلاق مني، ولا تمكنيه إلا أن يحلف لك بالطلاق.. فإذا حلف لك بالطلاق، فقولي له: عندك في السجن واحد مقدم اسمه أحمد قماقم، وله أم مسكينة وقد وقعت علي وساقتني عليك، وقالت لي: خليه يشفع عند الخليفة لأجل أن يتوب ويحصل له الثواب.

فقالت لها:

– سمعًا وطاعة.

فلما دخل الوالي على زوجته قالت له ذلك الكلام وحلف لها بالطلاق فمكنته، وبات.. ولما أصبح الصباح اغتسل، وصلى الصبح وجاء إلى السجن وقال:

– يا أحمد قماقم يا سراق، هل تتوب مما أنت فيه؟

فقال:

– إني تبت إلى الله تعالى ورجعت وأقول بالقلب واللسان: أستغفر الله.. فأطلقه الوالي من السجن، وأخذه معه إلى الديوان وهو في القيد.. ثم تقدم إلى الخليفة وقبل الأرض بين يديه. فقال له:

– يا أمير خالد، أي شيء تطلب؟

فتقدم أحمد قماقم يخطر في القيد قدام الخليفة، فقال له:

– يا قماقم هل أنت حي إلى الآن؟

فقال:

– يا أمير المؤمنين إن عمر الشقي بقي..

فقال:

– يا أمير خالد لأي شيء جئت به هنا؟

فقال له:

– إن له أمًا مسكينة، منقطعة وليس لها أحد غيره.. وقد وقعت على عبدك أن يتشفع عندك يا أمير المؤمنين في أنك تفكه من القيد، وهو يتوب عما كان فيه.. وتجعله مقدم الدرك كما كان أولاً.

فقال الخليفة لأحمد قماقم:

– هل تبت عما كنت فيه؟

فقال له:

– تبت إلى الله يا أمير المؤمنين..

فأمر بإحضار الحداد وفك قيده على دكة المغسل، وجعله مقدم الدرك وأوصاه بالمشي الطيب، فقبل يد الخليفة ونزل بخلعة الدرك.. ونادوا له بالتقديم، فمكث مدة من الزمن في منصبه.. ثم دخلت أمه على زوجة الوالي فقالت لها:

- الحمد لله الذي خلص ابنك من السجن وهو على قيد الصحة والسلامة، فلأي شيء لم تقولي له يدبر أمراً في مجيئه بالجارية ياسمين إلى ولدي حبظلم بظاظة؟

فقالت:

- أقول له.

ثم قامت من عندها ودخلت على ولدها فوجدته سكرانًا. فقالت له:

- يا ولدي، ما سبب خلاصك من السجن إلا زوجة الوالي، وتريد منك أن تدبر لها أمرًا في قتل علاء الدين أبي الشامات، وتجيء بالجارية ياسمين إلى ولدها حبظلم بظاظة.

فقال لها:

- هذا أسهل ما يكون، ولا بد أن أدبر له أمرًا في هذه الليلة.

وكانت تلك الليلة أول ليلة في الشهر الجديد.. وعادة أمير المؤمنين أن يبيت فيها عند السيدة زبيدة، لعتق جارية أو مملوك أو نحو ذلك، وكان من عادة الخليفة أن يقلع بدلة الملك، ويترك السبحة والنمشة وخاتم الملك ويضع الجميع فوق الكرسي في قاعة الجلوس.. وكان عند الخليفة مصباح من ذهب وكان ذلك المصباح عزيزًا عند الخليفة.

ثم إن الخليفة وكل الطواشية بالبدلة والمصباح وباقي الأمتعة، ودخل مقصورة السيدة زبيدة، فصبر أحمد قماقم السراق لما انتصف الليل، وأضاء سهيل ونامت الخلائق، وتجلى عليهم بالستر الخالق، ثم سحب سيفه في يمينه وأخذ مقفله في يساره وأقبل على قاعة الجلوس فتعلق بها وطلع على السلم إلى السطوح، ورفع طابق القاعة، ونزل فيها فوجد الطواشية نائمين، فبنجهم وأخذ بدلة الخليفة والسبحة والنمشة والمنديل والخاتم والمصباح الذي بالجواهر، ثم نزل من الموضع الذي طلع منه وسار إلى بيت علاء الدين أبي الشامات وكان علاء الدين في هذه الليلة مشغولاً بفرح الجارية، فدخل عليها وراحت منه حاملاً.

فنزل أحمد قماقم السراق على قاعة علاء الدين، وخلع لوحًا رخاميًا من دار القاعة وحفر تحته ووضع بعض المتاع وأبقى بعضها معه، ثم جبس اللوح الرخام كما كان ونزل من الموضع الذي طلع منه وقال في نفسه:

- أنا أقعد أسكر وأحط المصباح قدامي وأشرب الكأس على نوره.
ثم سار إلى بيته.
فلما أصبح ذهب الخليفة إلى القاعة فوجد الطواشية مبنجين، فأيقظهم وحط يده فلم يجد البدلة ولا الخاتم ولا السبحة ولا النمشة ولا المنديل، ولا المصباح فاغتاظ لذلك غيظًا شديدًا، ولبس بدلة الغضب وهي بدلة حمراء.. وجلس في الديوان فتقدم الوزير وقبل الأرض بين يديه وقال له:
- أي شيء حصل؟
فحكى له جميع ما وقع وإذا بالوالي طالع وفي ركابه أحمد قماقم السراق.. فوجد الخليفة في غيظ عظيم، فلما نظر الخليفة إلى الوالي قال له:
- يا أمير خالد كيف حال بغداد؟
فقال له:
- سالمة أمينة.
فقال له:
تكذب.
فقال له:
- لأي شيء يا أمير المؤمنين؟
فقص عليه القصة، وقال له:
- ألزمتك أن تجيء بذلك كله..
فقال له:
- يا أمير المؤمنين دود الخل منه فيه، ولا يقدر غريب أن يصل إلى هذا المحل أبدًا.
فقال:
- إن لم تجيء لي بهذه الأشياء قتلتك.
فقال له:
- قبل أن تقتلني أقتل أحمد قماقم السراق، فإنه لا يعرف الحرامي والخائن إلا مقدم الدرك.
فقام أحمد قماقم وقال للخليفة:
- شفعني في الوالي وأنا أضمن لك عهدة الذي سرق وأقص الأثر وراءه حتى أعرفه، ولكن أعطني اثنين من طرف القاعة، واثنين من طرف الوالي، فإن الذي فعل هذا لا يخشاك ولا يخشى من الوالي ولا من غيره .
فقال الخليفة:

- لك ما طلبت، ولكن أول التفتيش يكون في سرايتي، وبعدها سراية الوزير وفي سرايا رئيس الستين.
فقال أحمد قماقم:
- صدقت يا أمير المؤمنين، ربما يكون الذي عمل هذه العملة واحد قد تربى في سرايا أمير المؤمنين، أو في أحد من خواصه.
فقال الخليفة:
- وحياة رأسي كل من ظهرت عليه هذه العملة، لا بد من قتله ولو كان ولدي.
ثم إن أحمد قماقم أخذ ما أراده وأخذ فرمانًا بالهجوم على البيوت وتفتيشها، ونزل وبيده قضيب ثلثه من الشؤم وثلثه من النحاس وثلثه من الحديد والفولاذ.. وفتش سرايا الخليفة وسرايا الوزير جعفر ودار على بيوت الحجاب والنواب إلى أن مر على بيت علاء الدين أبي الشامات.. فلما سمع علاء الدين الضجة، قام من عند ياسمين زوجته، وفتح الباب فوجد الوالي في موكبة، فقال له:
- ما الخبر يا أمير خالد؟
فحكى له جميع القضية.. فقال علاء الدين:
- أدخلوا بيتي وفتشوه.
فقال الوالي:
- العفو يا سيدي أنت أمين وحاشا أن يكون الأمين خائنًا.
فقال له:
- لا بد من تفتيش بيتي.
فدخل الوالي والقضاة والشهود وتقدم أحمد قماقم إلى داره أرض القاعة وجاء إلى الرخامة التي دفن تحتها الأمتعة وأرخى القضيب على اللوح الرخام بعزمه فانكسرت الرخامة، وإذا بشيء ينور تحتها فقال المقدم:
- باسم الله ما شاء الله على بركة قدومنا. انفتح لنا كنز.. وأريد أن أنزل إلى هذا المطلب وأنظر ما فيه.
فنظر القاضي والشهود إلى ذلك المحل فوجدوا الأمتعة بتمامها، فكتبوا ورقة مضمونها أنهم وجدوا الأمتعة في بيت علاء الدين.. ثم وضعوا في تلك الورقة ختومهم، وأمروا بالقبض على علاء الدين، وأخذوا عمامته من فوق رأسه، وضبطوا جميع ماله ورزقه في قائمة وقبض أحمد قماقم السراق على الجارية ياسمين. وكانت أحسن حالاً من علاء الدين وأعطاها لأمه، وقال لها:
- سلميها لخاتون امرأة الوالي.

فأخذت ياسمين، ودخلت بها على زوجة الوالي، فلما رآها حبظلم بظاظة، جاءت له العافية وقام من وقته وساعته وفرح فرحًا شديدًا.. وتقرب إليها، فسحبت خنجرًا من حياصتها، وقالت له:

- ابعد عني وإلا أقتلك وأقتل نفسي.

فقالت لها أمه خاتون:

- يا عاهرة خلي ولدي يبلغ منك مراده.

فقالت لها:

- يا كلبة، في أي مذهب يجوز للمرأة أن تتزوج باثنين؟ وأي شيء أوصل الكلاب أن تدخل في مواطن السباع؟

فزاد بالولد الغرام وأضعفه الوجد والهيام وقطع الزاد ولزم الوساد. فقالت لها امرأة الوالي:

- يا عاهرة، كيف تحسريني على ولدي، لا بد من تعذيبك، وأما علاء الدين فإنه لا بد من شنقه.

فقالت لها:

- أنا أموت على محبته.

فقامت زوجة الوالي ونزعت عنها ما كان عليها من الصيغة وثياب الحرير، وألبستها لباسًا من الخيش، وقميصًا من الشعر، وأنزلتها في المطبخ، وعملتها من جواري الخدمة.. وقالت لها:

- جزاؤك أنك تكسرين من الحطب وتقشرين البصل، وتحطين النار تحت الحلل.

فقالت لها:

- أرضى بكل عذاب وخدمة ولا أرضى رؤية ولدك..

فحنن الله عليها قلوب الجواري وصرن يتعاطين الخدمة عنها في المطبخ. هذا ما كان من أمر ياسمين.

***

وأما ما كان من أمر علاء الدين أبي الشامات، فأنهم أخذوه هو وأمتعة الخليفة وساروا به إلى أن وصلوا إلى الديوان، فبينما الخليفة جالسًا على الكرسي، وإذا هم طالعون بعلاء الدين ومعه الأمتعة، فقال الخليفة:

- أين وجدتموها؟

فقالوا له:

- في وسط بيت علاء الدين أبي الشامات..

فامتزج الخليفة بالغضب، وأخذ الأمتعة فلم يجد المصباح.. فقال الخليفة:

ـ أين المصباح؟

فقال له علاء الدين:

ـ أنا ما سرقت ولا علمت ولا رأيت ولا معي خبر..

فقال له:

ـ يا خائن، كيف أقربك إلي، وتبعدني عنك، وأستأمنك، وتخونني..

ثم أمر بشنقه، فنزل به الوالي والمنادي ينادي عليه: هذا جزاء من يخون الخلفاء الراشدين.. فاجتمع الخلائق عند المشنقة. هذا ما كان من أمر علاء الدين.

**

5

وأما ما كان من أمر أحمد الدنف كبير علاء الدين، فإنه كان قاعدًا هو وأتباعه
على بستان، فبينما هم جالسون في حظ وسرور وإذا برجل سقاء من السقايين
في الديوان دخل عليهم، وقبل يد أحمد الدنف، وقال:

- يا مقدم أحمد يا دنف، أنت قاعد في صفاء الماء تحت رجليك وما عندك
علم بما حصل؟

فقال له أحمد الدنف:

- ما الخبر؟

فقال السقاء:

- إن ولدك في عهد الله علاء الدين نزلوا به إلى المشنقة.

وحكى له ما حصل، فقال الدنف:

- ما عندك من الحيلة يا حسن شومان؟

فقال له:

- أستغرب هذا الأمر، وهذا ملعوب عليه من واحد عدو.

فقال له:

- ما الرأي عندك؟

فقال:

- خلاصه علينا إن شاء المولى.

ثم إن حسن شومان ذهب إلى السجن، وقال للسجان:

- أعطنا واحدًا يكون مستوجبًا للقتل..

فأعطاه واحدًا وكان أشبه البرايا بعلاء الدين أبي الشامات، فغطى رأسه
وأخذه أحمد الدنف بينه وبين علي الزيبق المصري.. وكانوا قدموا علاء
الدين إلى الشنق، فتقدم الدنف وحط رجله على رجل المشاعلي، فقال له
المشاعلي:

- أعطني الوسع حتى أعمل صنعتي.

فقال له:

- يا لعين، خذ هذا الرجل واشنقه موضع علاء الدين أبي الشامات، فإنه
مظلوم.. ونفدى إسماعيل بالكبش ..

فأخذ علي المشاعلي ذلك الرجل وشنقه عوضًا عن علاء الدين.. ثم إن أحمد الدنف وعلي الزيبق المصري أخذا علاء الدين وسارا به إلى قاعة أحمد الدنف.. فلما دخلوا عليه قال له علاء الدين:

- جزاك الله خيرًا يا كبيري..

فقال له أحمد الدنف:

- ما هذا الفعل الذي فعلته؟ ورحم الله من قال: من ائتمنك فلا تخونه ولو كنت خائنًا.. والخليفة مكنك عنده وسماك بالثقة الأمين، كيف تفعل معه هكذا وتأخذ أمتعته؟

فقال علاء الدين:

- والاسم الأعظم يا كبيري ما هي فعلتي، ولا لي فيها ذنب، ولا أعرف من عملها.

فقال أحمد الدنف:

- إن هذه العملة ما عملها إلا عدو مبين.. ومن فعل شيئًا يجازى به، ولكن يا علاء الدين، أنت ما بقي لك إقامة في بغداد.. فإن الملوك لا تعادى يا ولدي ومن كانت الملوك في طلبه يطول تعبه.

فقال علاء الدين:

- أين أروح يا كبيري؟

فقال له:

- أنا أوصلك إلى الإسكندرية فإنها مباركة وعتبتها خضراء، وعيشتها هنيئة.

فقال له:

- سمعًا وطاعة يا كبيري.

فقال أحمد الدنف لحسن شومان:

- خل بالك، وإذا سأل عني الخليفة فقل له: أنه راح يطوف على البلاد.

ثم أخذه وخرج من بغداد ولم يزالا سائرين حتى وصلا إلى الكروم والبساتين.. فوجدا يهوديين من عمال الخليفة راكبين على بغلتين، فقال أحمد الدنف لليهوديين:

- هاتوا الغفر..

فقال اليهوديان:

- نعطيك الغفر على أي شيء؟

فقال لهما:

- أنا غفير هذا الوادي.

فأعطاه كل منهما مائة دينار..

وبعد ذلك قتلهما أحمد الدنف وأخذ البغلتين في خان وباتا فيه.
ولما أصبح الصباح، باع علاء الدين بغلته، وأوصى البواب على بغلة أحمد الدنف، ونزلا في مركب من مينة إياس حتى وصلا إلى الإسكندرية، فطلع أحمد الدنف ومعه علاء الدين ومشيا في السوق، وإذا بدلال يدلل على دكان، ومن داخل الدكان طبقة على تسعمائة وخمسين دينارًا.. فقال علاء الدين:
- علي بألف.
فسمح له البائع.. وكانت لبيت المال فتسلم علاء الدين المفاتيح وفتح الطبقة فوجدها مفروشة بالفرش والمساند ورأى فيها حاصلاً فيه قلاع وصواري وحبال وصناديق وأجرة ملآنة خرزًا وودعًا وركابات وأطيارًا ودبابيس وسكاكين ومقصات وغير ذلك لأن صاحبه كان سقطيًا.
فقعد علاء الدين أبي الشامات في الدكان وقال له أحمد الدنف:
- يا ولدي، الدكان والطبقة وما فيهما صارت ملكك فاقعد فيها، وبع واشتري، ولا تنكر فإن الله تعالى بارك في التجارة.
وأقام عنده ثلاثة أيام وفي اليوم الرابع، أخذ خاطره، وقال له:
- استقر في هذا المكان حتى أروح وأعود إليك بخبر من الخليفة بالأمان عليك، وأنظر الذي عمل معك هذا الملعوب.
ثم توجه مسافرًا حتى وصل إلى إياس فأخذ البغلة من الخان، وسار إلى بغداد فاجتمع بحسن شومان. واتباعه وقال:
- يا حسن هل الخليفة سأل عني؟
فقال:
- ولا خطرت على باله.
فقام في خدمة الخليفة، وصار يستنشق الأخبار، فرأى الخليفة، التفت إلى الوزير جعفر يومًا من الأيام وقال له:
- انظر يا وزير هذا العملة التي فعلها معي علاء الدين.
فقال له:
- يا أمير المؤمنين أنت جازيته بالشنق وجزاؤه ما حل به.
فقال له:
- يا وزير، مرادي أن أنزل وأنظره وهو مشنوق.
فقال الوزير:
- افعل ما شئت يا أمير المؤمنين.
فنزل الخليفة ومعه الوزير جعفر إلى جهة المشنقة، ثم رفع طرفه فرأى المشنوق غير علاء الدين أبي الشامات الثقة الأمين..

فقال الخليفة:
- هذا ما هو علاء الدين..
فقال له:
- كيف عرفت أنه غيره؟
فقال:
- إن علاء الدين كان قصيرًا وهذا طويل..
فقال له:
- إن المشنوق يطول..
فقال:
- إن علاء الدين كان أبيض وهذا وجهه أسود.
فقال له: أما تعلم يا أمير المؤمنين أن الموت له غبرات؟
فأمر بتنزيله من فوق المشنقة، فلما أنزلوه وجدوا مكتوبًا على كعبيه الاثنين اسما الشيخين.
فقال له:
- يا وزير، إن علاء الدين كان سنيًا، وهذا رافضي.
فقال له:
- سبحان الله علام الغيوب، ونحن لا نعلم هل هذا علاء الدين أو غيره..
فأمر الخليفة بدفنه وصار نسيًا منسيًا. هذا ما كان من أمره.

***

وأما ما كان من أمر حبظلم بظاظة ابن الوالي، فإنه قد طاب به العشق والغرام حتى مات وواروه في التراب. وأما ما كان من أمر الجارية ياسمين فإنها وفت حملها، ولحقها الطلق، فوضعت ذكرًا كأنه القمر.. فقالت لها الجواري:
- ما تسميه؟
فقالت:
- لو كان أبوه طيبًا كان سماه، ولكن أنا أسميه أصلان..
ثم إنها أرضعته اللبن عامين متتابعين، وفطمته وحبى ومشى، فاتفق أن أمه اشتغلت بخدمة المطبخ يومًا من الأيام، فمشى الغلام ورأى سلم، فقعد فطلع عليه، وكان الأمير خالد الوالي جالسًا، فأخذه وأقعده في حجره، وسبح مولاه فيما خلق وصور. وتأمل وجهه، فرآه شبه النوايا بعلاء الدين أبي الشامات..
ثم إن أمه ياسمين فتشت عليه فلم تجده، فطلعت المقعد، فرأت الأمير خالد جالسًا والولد في حجره يلعب.. وقد ألقى الله محبة الولد في قلب الأمير خالد.

فالتفت الولد، فرأى أمه، فرمى نفسه عليها، فزنقه الأمير خالد في حضنه، وقال لها:

- تعالي يا جارية.

فلما جاءت، قال لها:

- هذا الولد ابن من؟

فقالت له:

- هذا ولدي وثمرة فؤادي..

فقال لها:

- ومن أبوه؟

فقالت له:

- أبوه علاء الدين أبي الشامات.. والآن صار ولدك.

فقال لها:

- إن علاء الدين كان خائنًا.

فقالت:

- سلامته من الخيانة.. حاشا وكلا أن يكون الأمين خائنًا.

فقال لها:

- إذا كبر هذا الولد ونشأ وقال: من أبي؟ فقولي له: أنت ابن الأمير خالد الوالي، صاحب الشرطة..

فقالت:

- سمعًا وطاعة.

ثم إن الأمير خالد طاهر الولد ورباه، وأحسن تربيته، وجاء له بفقيه خطاط، فعلمه الخط والقراءة، فقرأ وأعاد، وختم وصار يقول للأمير خالد: يا والدي.. وصار الوالي يعمل في الميدان ويجمع الخيل وينزل يعلم الولد أرباب الحرب ومقاصد الطعن والضرب، إلى أن انتهى في الفروسية وتعلم الشجاعة، وبلغ من العمر أربع عشرة سنة، ووصل إلى درجة الإمارة.

فاتفق أن أصلان اجتمع مع أحمد قماقم السراق يومًا من الأيام، وصارا أصحابًا، فتبعه إلى الخمارة، وإذا بأحمد قماقم السراق، أطلع المصباح الجوهر الذي أخذه من أمتعة الخليفة، وحطه قدامه وتناول الكأس على نوره، وسكر فقال له أصلان:

- يا مقدم، أعطني هذا المصباح.

فقال له:

- ما أقدر أن أعطيك إياه.

فقال له:
- لأي شيء؟
فقال له:
- لأنه راحت على شأنه الأرواح.
فقال له:
- أي روح راحت على شأنه؟
فقال له:
- كان واحد جاءنا هنا وعمل رئيس الستين يسمى علاء الدين أبي الشامات،
ومات بسبب ذلك.
فقال له:
- وما حكايته وسبب موته؟
فقال له:
- كان لك أخ يسمى حبظلم بظاظة، وبلغ من العمر ستة عشرة عامًا حتى
استحق الزواج وطلب أبوه أن يشتري له جارية..
وأخبره بالقصة من أولها إلى آخرها وأعلمه بضعف حبظلم بظاظة وما وقع
لعلاء الدين ظلمًا.
فقال أصلان في نفسه:
- لعل هذه الجارية ياسمين أمي وما أبي إلا علاء الدين أبي الشامات.
فطلع الولد أصلان من عنده حزينًا، فقابل المقدم أحمد الدنف، فلما رآه أحمد
الدنف قال:
- سبحان من لا شبيه له..
فقال له حسن شومان:
- يا كبيري من أي شيء تتعجب؟
فقال له:
- من خلقة هذا الولد أصلان فإنه أشبه البرايا بعلاء الدين أبي الشامات.
فنادى أحمد الدنف وقال:
- يا أصلان.
فرد عليه، فقال له:
- ما اسم أمك؟
فقال له:
- تسمى الجارية ياسمين..
فقال له:

- يا أصلان، طب نفسًا وقر عينًا، فإنه ما أبوك إلا علاء الدين أبي الشامات.. ولكن يا ولدي ادخل على أمك واسألها عن أبيك.

فقال:

- سمعًا وطاعة.

ثم دخل على أمه، وسألها فقالت له:

- أبوك الأمير خالد..

فقال لها:

- ما أبي إلا علاء الدين أبي الشامات.

فبكت أمه، وقالت له:

- من أخبرك بهذا يا ولدي؟

فقال:

- المقدم أحمد الدنف أخبرني بذلك.

فحكت له جميع ما جرى.. وقالت له:

- يا ولدي قد ظهر الحق، واختفى الباطل.. واعلم أن أباك علاء الدين أبي الشامات، إلا أنه ما رباك إلا الأمير خالد وجعلك ولده.. فيا ولدي إن اجتمعت بالمقدم أحمد الدنف، قل له: يا كبيري، سألتك بالله أن تأخذ ثأري من قاتل أبي علاء الدين أبي الشامات.

فطلع من عندها وسار إلى أن دخل على المقدم أحمد الدنف، وقبل يده، فقال له:

- ما لك يا أصلان؟

فقال له:

- إني عرفت وتحققت من أن أبي علاء الدين أبي الشامات، ومرادي أنك تأخذ لي ثأري من قاتله.

فقال له:

- من الذي قتل أباك؟

فقال له:

- أحمد قماقم السراق.

فقال له:

- ومن أعلمك بهذا الخبر؟

فقال له:

- رأيت معه المصباح الجوهر الذي ضاع من جملة أمتعة الخليفة، وقلت له أعطني هذا المصباح، فما رضي.. وقال لي: هذا راحت على شأنه الأرواح، وحكى لي أنه هو الذي نزل وسرق الأمتعة، ووضعها في دار أبي ..

فقال له أحمد الدنف:

- إذا ما رأيت الأمير خالد يلبس ثياب الحرب فقل له: ألبسني مثلك، فإذا طلعت معه وأظهرت بابًا من أبواب الشجاعة قدام أمير المؤمنين، فإن الخليفة يقول لك تمن علي يا أصلان، فقل له أتمنى عليك أن تأخذ ثأر أبي من قاتله.. فيقول لك أباك حي وهو الأمير خالد.. فقل له: إن أبي علاء الدين أبي الشامات، وخالد الوالي له علي حق التربية فقط، وأخبره بجميع ما وقع بينك وبين أحمد قماقم السراق.. وقل له: يا أمير المؤمنين أؤمر بتفتيشه وأنا أخرجه من جيبه.

فقال له:

- سمعًا وطاعة.

ثم طلع أصلان فوجد الأمير خالد يتجه إلى طلوعه ديوان الخليفة، فقال له:

- مرادي أن تلبسني لباس الحرب مثلك، وتأخذني معك إلى ديوان الخليفة.

6

فألبسه الأمير خالد وأخذه معه إلى الديوان ونزل الخليفة بالعسكر خارج البلد ونصبوا الصواوين والخيام واصطفت الصفوف وطلع بالأكرة والصولجان منهم فصار الفارس يضرب الأكرة وبالصولجان فيردها عليه الفارس الثاني، وكان بين العسكر واحد جاسوس مغرى على قتل الخليفة فأخذ الأكرة وضربها بالصولجان، وحررها على وجه الخليفة، وإذا بأصلان استلقاها عن الخليفة، وضرب بها راميها، فوقعت بين أكتافه، فوقع على الأرض.

فقال الخليفة:

- بارك الله فيك يا أصلان.

ثم نزلوا على ظهور الخيل وقعدوا على الكراسي وأمر الخليفة بإحضار الذي ضرب الأكرة، فلما حضر بين يديه، قال له:

- من أغراك على هذا الأمر؟؟ وهل أنت عدو أم حبيب؟

فقال له:

- أنا عدو وكنت مضمر قتلك.

فقال:

- ما سبب ذلك؟؟ أما أنت مسلم؟

فقال:

- لا، وإنما أنا رافضي.

فأمر الخليفة بقتله.

وقال لأصلان:

- تمن علي..

فقال له:

- أتمنى عليك أن تأخذ لي ثأر أبي من قاتله.

فقال له:

- إن أباك حي وهو واقف على رجليه.

فقال له:

- من هو أبي؟

فقال له:

- الأمير خالد الوالي..

فقال له:

- يا أمير المؤمنين، ما هو أبي إلا في التربية.. وما والدي إلا علاء الدين أبي الشامات.

فقال له:

- إن أباك كان خائنًا.

فقال:

- يا أمير المؤمنين حاشا أن يكون الأمين خائنًا، وما الذي خانك فيه؟

فقال:

- سرق بدلتي وما معها.

فقال:

- يا أمير المؤمنين حاشا أن يكون أبي خائنًا، ولكن يا سيدي لما عدمت بدلتك وعادت إليك هل رأيت المصباح رجع إليك أيضاً؟

فقال:

- ما وجدناه.

فقال:

- أنا رأيته مع أحمد قماقم السراق، وطلبته منه فلم يعطني إياه.. وقال: هذا راحت عليه الأرواح، وحكى لي عن ضعف حبظلم بظاظة ابن الأمير خالد الوالي، وعشقه للجارية ياسمين، وخلاصه من القيد وأنه هو الذي سرق البدلة، والمصباح.. وأنت يا أمير المؤمنين تأخذ لي بثأر والدي من قاتله.

فقال الخليفة:

- اقبضوا على أحمد قماقم.

فقبضوا عليه.. وقال:

- أين المقدم أحمد الدنف؟؟

فحضر بين يديه.. فقال الخليفة:

- فتش قماقم.

فحط يديه في جيبه فأطلع منه المصباح الجوهر.

فقال الخليفة:

- تعال يا خائن من أين لك بهذا المصباح؟

فقال:

- اشتريته يا أمير المؤمنين.

فقال الخليفة:

- من أين اشتريته؟ ومن يقدر على مثله حتى يبيعه لك؟

وضربوه فأقر أنه هو الذي سرق البدلة والمصباح.. فقال له الخليفة:

- لأي شيء تفعل هذه الفعال يا خائن حتى ضيعت علاء الدين أبا الشامات وهو الثقة الأمين؟

ثم أمر الخليفة بالقبض عليه وعلى الوالي.. فقال الوالي:

- يا أمير المؤمنين، أنا مظلوم وأنت أمرتني بشنقه ولم يكن عندي خبر بهذا الملعوب، فإن التدبير كان بين العجوز وأحمد قماقم وزوجتي.. وليس عندي خبر. وأنا في جيرتك يا أصلان.

فتشفع فيه أصلان عند الخليفة.. ثم قال:

- يا أمير المؤمنين، ما فعل الله بأم هذا الولد؟؟

فقال له:

- هي عندي.

فقال:

- أمرتك أن تأمر زوجتك أن تلبسها بدلتها وصيغتها وتردها إلى سيادتها.. وأن تفك الختم الذي على بيت علاء الدين وتعطي ابنه رزقه وماله، فقال:

- سمعًا وطاعة.

ثم نزل الوالي، وأمر امرأته، فألبستها بدلتها، وفك الختم عن بيت علاء الدين، وأعطى أصلان المفاتيح.. ثم قال للخليفة:

- تمن علي يا أصلان.

فقال له:

- تمنيت عليك أن تجمع شملي بأبي.

فبكى الخليفة، وقال:

- الغالب أن أباك هو الذي شنق ومات.. ولكن وحياة جدودي، كل من بشرني بأنه على قيد الحياة، أعطيته جميع ما يطلبه.

فتقدم أحمد الدنف وقبل الأرض بين يديه.. وقال له:

- أعطني الأمان يا أمير المؤمنين..

فقال له:

- عليك الأمان.

فقال:

- أبشرك أن علاء الدين أبا الشامات، الثقة الأمين طيب على قيد الحياة.

فقال له:

- ما الذي تقوله؟

فقال له:

- وحياة رأسك إن كلامي حق. وفديته بغيره ممن يستحق القتل وأوصلته إلى الإسكندرية.. وفتحت له دكان سقطي.

فقال الخليفة:

- ألزمتك أن تجيء به.

فقال:

- سمعًا وطاعة.

فأمر له الخليفة بعشرة آلاف دينار، وسار متوجهًا إلى الإسكندرية. هذا ما كان من أمر أصلان.

***

وأما ما كان من أمر والده علاء الدين أبي الشامات فإنه باع ما كان في الدكان كله جميعه ولم يبق في الدكان إلا القليل وجراب قديم، فنفض الجراب فنزلت منه خرزة تملأ الكف في سلسلة من الذهب ولها خمسة وجوه وعليها أسماء وطلاسم كدبيب النمل، فدعك الخمسة وجوه فلم يجاوبه أحد.. فقال في نفسه:

- لعلها خرزة من جزع.

ثم علقها في الدكان وإذا بقنصل فائت في الطريق، فرفع بصره فرأى الخرزة معلقة على دكان علاء الدين، وقال له:

- يا سيدي، هل هذه الخرزة للبيع؟

فقال له:

- جميع ما عندي للبيع.

فقال له:

- أتبيعني إياها بثمانين ألف دينار؟

فقال علاء الدين:

- يفتح الله.. لا أبيع..

فقال له:

- أتبيعها بمائة ألف دينار؟

فقال:

- بعتها لك بمائة ألف دينار، فانقدني الدنانير.

فقال له القنصل:

- ما أقدر أن أحمل ثمنها معي والإسكندرية فيها حرامية وشرطية، فأنت تروح معي إلى مركبي وأعطي لك الثمن ورزمة صوف أنجوري ورزمة أطلس ورزمة قطيفة ورزمة جوخ.

فقام علاء الدين وقفل الدكان بعد أن أعطاه الخرزة وأعطى المفاتيح لجاره..
وقال له:

- خذ هذه المفاتيح عندك أمانة حتى أروح إلى المركب مع هذا القنصل
وأجيء بثمن خرزتي، فإن عوقت عنك وورد المقدم أحمد الدنف الذي كان
وطنني في هذا المكان فأعطه المفاتيح وأخبره بذلك.

ثم توجه مع قنصل إلى المركب، فلما نزل إلى المركب، نصب له كرسيًا
وأجلسه عليه وقال:

- هاتوا المال.

فدفع الثمن والخمس رزم التي وعده بها، وقال له:

- يا سيدي أقصد جبر خاطري بلقمة أو شربة ماء.

فقال:

- إن كان عندك ماء فاسقني.

فأمر بالشرابات، فإذا فيها بنج فلما شرب انقلب على ظهره، فرفعوا الكراسي
وحطوا المداري وحلوا القلوع وأسعفته الرياح حتى وصلوا إلى وسط
البحر.. فأمر القبطان بطلوع علاء الدين من الطنبر، فطلعوه وشمموه ضد
البنج، ففتح عينيه وقال:

- أين أنا؟

فقال له:

- أنت معي مربوط وديعة.. ولو كنت تقول يفتح الله، لكنت أزيدك.

فقال له علاء الدين:

- ما صناعتك؟

فقال له:

- أنا قرصان، ومرادي أن آخذك إلى حبيبة قلبي.

فبينما هما في الكلام وإذا بمركب فيها أربعون من تجار المسلمين، فطلع
القبطان بمركبه عليهم ووضع الكلاليب في مراكبهم ونزل هو ورجاله
فنهبوها، وأخذوها وساروا بها إلى مدينة جنوة.. فأقبل القرصان الذي معه
علاء الدين إلى باب قصر قيطون. وإذا بصبية نازلة وهي ضاربة لثامًا،
فقالت له:

- هل جئت بالخرزة وصاحبها؟

فقال لها:

- جئت بهما..

فقالت له:

- هات الخرزة.

فأعطاها لها، وتوجه إلى الميناء، وضرب مدافع السلامة، فعلم ملك المدينة بوصول ذلك القرصان، فخرج إلى مقابلته.. وقال له:

- كيف كانت سفرتك؟

فقال له:

- كانت طيبة جدًا، وقد كسبت فيها مركبًا واحدًا وأربعون من تجار المسلمين..

فقال له:

- أخرجهم إلى المدينة..

فأخرجهم في الحديد ومن جملتهم علاء الدين. وركب الملك هو والقرصان.. وأمشوهم قدامهم إلى أن وصلوا إلى الديوان، وقدموا أول واحد. فقال له الملك:

- من أين يٰ مسلم.. فقال:

- من الإسكندرية..

فقال:

يا سياف، اقتله..

فرمى رقبته والثاني والثالث، هكذا، إلى تمام الأربعين.. وكان علاء الدين في آخرهم فشرب حسرتهم، وقال لنفسه: رحمة الله عليك يا علاء الدين، فرغ عمرك.. فقال له الملك:

- وأنت من أي البلاد؟؟

فقال:

- من الإسكندرية..

فقال للسياف:

- ارم عنقه، فرفع السياف يده بالسيف وأراد أن يرمي رقبة علاء الدين.. وإذا بعجوز ذات هيبة تقدمت بين أيادي الملك فقام إليها تعظيمًا لها.

فقالت:

- يا ملك الزمان، أما قلت لك لما يجيء القبطان بالأسارى، تذكر الدير بأسيرين يخدمان في الكنيسة؟؟

فقال لها:

- يا أمي، ليتك سبقت بساعة ولكن خذي هذا الأسير الذي فضل.

فالتفتت إلى علاء الدين، وقالت له:

- هل أنت تخدم في الكنيسة أو أخلي الملك يقتلك؟؟

فقال لها:
- أنا أخدم في الكنيسة..
فأخذته وطلعت به من الديوان، وتوجهت إلى الكنيسة.. فقال لها علاء الدين:
- ما أعمل من الخدمة؟؟
فقالت له:
- تقوم في الصبح وتأخذ خمسة بغال وتسير بها إلى الغابة، وتقطع ناشف الحطب، وتكسره وتجيء به إلى مطبخ الدير، وبعد ذلك تلم البسط وتكنس وتمسح البلاط وترد الفرش مثل ما كان.. وتأخذ نصف إردب قمح وتغربله وتطحنه وتعمله منينات للدير.. وتأخذ وجبة عدس تغربلها وتدشها وتطبخها ثم تملأ الأربع فساقي ماء، وتحول بالبرميل وتملأ ثلثمائة وست وستين قطعة وتفت فيها المنينات وتسقيها من العدس وتدخل لكل راهب أو بطريق قصعته.
فقال لها علاء الدين:
- رديني إلى الملك وخليه يقتلني أسهل لي من هذه الخدمة.
فقالت له:
- إن خدمت ووفيت الخدمة التي عليك خلصت من القتل وإن لم توف خليت الملك يقتلك.
فقعد علاء الدين حامل الهم وكان في الكنيسة عشر عميان مكسحين.. فقال له واحد منهم:
- هات لي قصرية.
فأتى له فتغوط فيها، وقال له:
- ارم الغائط، فرماه..
فقال له:
- يبارك فيك المسيح يا خدام الكنيسة..
وإذا بالعجوز أقبلت، وقالت له:
- لأي شيء ما وفيت الخدمة في الكنيسة؟؟
فقال لها:
- أنا لي كم يد على عمل هذه الخدمة؟؟
فقالت له:
- يا مجنون، أنا ما جئت بك للخدمة.
ثم قالت له:

- خذ يا ابني هذا القضيب وكان من النحاس وفي رأسه صليب واخرج إلى الشارع، فإذا قابلك والي البلد فقل له: أني أدعوك إلى خدمة الكنيسة من أجل السيد المسيح فإنه لا يخالفك.. فخليه يأخذ القمح ويغربله ويطحنه وينخله ويخبزه منينات وكل من يخالفك اضربه ولا تخف أحد.

فقال:

سمعًا وطاعة..

وعمل كما قالت ولم يزل يسخر الأكابر والأصاغر مدة سبعة عشر عامًا.. فبينما هو قاعد في الكنيسة وإذا بالعجوز داخلة عليه، فقالت له:

- اطلع إلى خراج الدير.

فقال لها:

- أين أروح؟؟

فقالت له:

- بت هذه الليلة في خمارة أو عند واحد من أصحابك..

فقال لها:

- لأي شيء تطرديني من الكنيسة؟؟

فقالت له:

- أن حسن مريم بنت الملك يوحنا ملك هذه المدينة مرادها أن تدخل الكنيسة للزيارة.. ولا ينبغي أن تقعد في طريقها.

فامتثل كلامها، وقام وأراها أنه رائح إلى خارج الكنيسة، وقال في نفسه:

- يا هل ترى بنت الملك مثل نسائنا أو أحسن منهن؟ فأنا لا أروح حتى أتفرج عليها.

فاختفى في مخدع له طاقة تطل على الكنيسة. فبينما هو ينتظر في الكنيسة وإذا ببنت الملك مقبلة، فنظر إليها نظرة أعقبتها ألف حسرة لأنه، وجدها كأنها البدر إذا بزغ من تحت الغمام وصحبتها صبية، وهي تقول لتلك الصبية:

- آنست يا زبيدة، فأمعن علاء الدين النظر في تلك الصبية فرآها زوجته زبيدة العودية التي كانت ماتت.

ثم إن بنت الملك قالت لزبيدة:

- قومي اعملي لنا نوبة على العود.

فقالت لها:

- أنا لا أعمل لك نوبة حتى تبلغيني مرادي وتفي لي بما وعدتني به.

فقالت لها:

- ما الذي وعدتك به؟
قالت لها:
- وعدتني بجمع شملي بزوجي علاء الدين أبي الشامات الثقة الأمين.
فقالت لها:
- يا زبيدة، طيبي نفسًا، وقري عينًا، واعملي لنا نوبة حلاوة اجتماع شملك بزوجك علاء الدين.
فقالت لها:
- وأين هو؟
فقالت لها:
- إنه هنا في هذا المخدع يسمع كلامنا.
فعملت نوبة على العود ترقص الحجر الجلمود.. فلما سمع ذلك علاء الدين، هاجت بلابله وخرج من المخدع وهجم عليهما وأخذ زوجته زبيدة العودية بالحضن، وعرفته فاعتنق الاثنان بعضهما ووقعا على الأرض مغشيًا عليهما.. فتقدمت الملكة حسن مريم ورشت عليهما ماء الورد ونبهتهما، وقالت:
- جمع الله شملكما.
فقال لها علاء الدين:
- على محبتك يا سيدتي.
ثم التفت علاء الدين إلى زوجته زبيدة العودية، وقال لها:
- أنت قد مت يا زبيدة ودفناك في القبر.. فكيف حييت؟ وجئت إلى هذا المكان؟؟
فقالت له:
- يا سيدي، أنا ما مت وإنما اختطفني عون من أعوان الجان.. وطار بي إلى هذا المكان.. وأما التي دفنتموها فإنها جنية، وتصورت في صورتي، وعملت أنها ميتة وبعدما دفنتوها، شقت القبر وخرجت منه وراحت إلى خدمة سيدتها حسن مريم بنت الملك. وأما أنا فإني صرعت وفتحت عيني فرأيت نفسي عند حسن مريم بنت الملك، وهي هذه.. فقلت لها: لأي شيء جئت بي إلى هنا؟؟ فقالت لي: أنا موعودة بزواجي بزوجك علاء الدين أبي الشامات، فهل تقبليني يا زبيدة أن أكون ضرتك؟؟ ويكون لي ليلة ولك ليلة؟؟ فقلت: لها سمعًا وطاعة يا سيدتي.. ولكن أين زوجي؟؟ فقالت: إنه مكتوب على جبينه ما قدره الله تعالى، فمتى استوفى ما على جبينه لا بد أن يجيء إلى هذا المكان.. ولكن نتسلى على فراقه بالنغمات والطرب على الآلات

حتى يجمعنا الله به.. فمكثت عندها هذه المدة إلى أن جمع الله شملي بك في هذه الكنيسة.

ثم إن حسن مريم التفتت إليه وقالت له:

- يا سيدي علاء الدين، هل تقبلني أن أكون أهلاً وتكون بعلاً؟

فقال لها:

- يا سيدتي أنا مسلم وأنت نصرانية فكيف أتزوج بك؟

فقالت:

- حاشا لله أن أكون كافرة، بل أنا مسلمة ولي ثمانية عشر عامًا وأنا متمسكة بدين الإسلام.. وإني بريئة من كل دين يخالف دين الإسلام..

فقال لها:

- يا سيدتي، مرادي أن أروح إلى بلادي..

فقالت له:

- اعلم أني رأيت مكتوبًا على جبينك أمورًا لا بد أن تستوفيها، وتبلغ غرضك، وأهنيك يا علاء الدين أنه ظهر لك ولد اسمه أصلان.. وهو الآن جالس في مرتبتك عند الخليفة.. وقد بلغ من العمر ثمانية عشر عامًا، واعلم أنه ظهر الحق واختفى الباطل.. وربنا كشف الستر عن الذي سرق أمتعة الخليفة، وهو أحمد قماقم السراق الخائن.. وهو الآن في السجن محبوس ومقيد.. واعلم أني أنا التي أرسلت إليك الخرزة، ووضعتها لك في داخل الجراب الذي كان في الدكان.. وأنا التي أرسلت القرصان، وجاء لك بالخرزة واعلم أن هذا القرصان متعلق بي، ويطلب مني الوصال.. فما رضيت أن أمكنه من نفسي إلا إذا جاء لي بالخرزة وصاحبها، وأعطيته مائة كيس وأرسلته في صفة تاجر.. ولما قدموك إلى القتل بعد قتل الأربعين الأسارى الذين كنت معهم، أرسلت إليك هذه العجوز.

فقال لها:

- جزاك الله عني كل خير.

ثم إن حسن مريم جددت إسلامها على يديه ولما عرف صدق كلامها، قال لها:

- خبريني عن فضيلة هذه الخرزة من أين هي؟؟

فقالت له:

- هذه الخرزة من كنز مرصود وفيها خمس فضائل تنفعنا عند الاحتياج إليها وإن جدتي أم أبي كانت ساحرة تحل الرموز وتختلس ما في الكنوز، فوقعت لها هذه الخرزة من كنز ، فلما كبرت أنا وبلغت من العمر أربعة عشر عامًا،

قرأت الإنجيل وغيره من الكتب السماوية فرأيت اسم محمد صلى الله عليه وسلم في الأربعة كتب التوراة والإنجيل والزبور والفرقان.. فآمنت بمحمد وأسلمت وتحققت بعقلي أنه لا يعبد بحق إلا الله تعالى وأن رب الأنام لا يرضى إلا دين الإسلام..

وكانت جدتي حين ضعفت وهبت لي هذه الخرزة وأعلمتني بما فيها من الخمس فضائل، وقبل أن تموت جدتي قال أبي: اضربي لي تخت رمل وانظري عاقبة أمري، وما يحصل لي. فقالت له: إن البعيد يموت قتيلاً من أسير يجيء من الإسكندرية، فحلف أبي أن يقتل كل أسير يجيء منها وأخبر القبطان بذلك.. وقال له: لا بد أن تهجم على مراكب المسلمين وكل من رأيته من الإسكندرية تقتله.. أو تجيء به إلي، فامتثل أمره حتى قتل عدد شعر رأسه.

ثم هلكت جدتي، فطلعت أنا، وضربت لي تخت رمل وأضمرت ما في نفسي وقلت: يا هل من يتزوج بي؟ فظهر أنه لا يتزوج بي إلا واحد يسمى علاء الدين أبا الشامات الثقة الأمين.. فتعجبت من ذلك، وصبرت إلى أن آن الأوان واجتمعت بك..

ثم إنه تزوج بها وقال لها:

- أنا مرادي أن أروح إلى بلادي.

فقالت له:

- إذا كان الأمر كذلك فتعال معي.

ثم أخذته وخبأته في مخدع قصرها، ودخلت على أبيها.. فقال لها:

- يا ابنتي أنا عندي اليوم قبض زائد فاقعدي حتى أسكر معك.

فقعد ودعا بسفرة المدام وصارت تملأ وتسقيه حتى غاب عن الوجود.. ثم إنها وضعت له البنج في قدح فشربه، وانقلب على قفاه.. ثم جاءت إلى علاء الدين، وأخرجته من المخدع، وقالت له:

- إن خصمك مطروح على قفاه فافعل به ما شئت فإني أسكرته وبنجته.. فدخل علاء الدين فرآه مبنجًا فكتفه تكتيفًا وثيقًا. ثم أعطى الملك أبا حسن مريم ضد البنج، فأفاق فوجد علاء الدين وابنته راكبين على صدره، فقال لها:

- يا ابنتي، أتفعلين معي هذه الفعال؟

فقالت له:

- إن كنت ابنتك فأسلم لأنني أسلمت وقد تبين لي الحق تبعته والباطل فاجتنبته، وقد أسلمت لله رب العالمين وإنني بريئة من كل دين خالف دين

الإسلام في الدنيا والآخرة.. فإن أسلمت حبًا وكرامة وإلا فقتلتك أو لما حياتك.

ثم نصحه علاء الدين، فأبى وتمرد فسحب علاء الدين خنجرًا ونحره من الوريد إلى الوريد.. وكتبت ورقة بصورة الذي جرى ووضعها على جبهته واخذ ما خف حمله وغلا ثمنه وطلعا من القصر وتوجها إلى الكنيسة. فأحضرت الخرزة وحطت يدها على الوجه الذي هو منقوش عليه السرير، ودعكته.. وإذا بسرير وضع قدامها فركبت هي وعلاء الدين وزوجته زبيدة العودية على ذلك السرير.. وقالت:

- بحق ما كتب لنا بهذه الخرزة من الأسماء والطلاسم وعلوم الأقلام أن ترتفع بنا يا سرير.

فارتفع بهما السرير.. وسارا إلى واد لا نبات فيه فأقامت الأربعة وجوه الباقية من الخرزة إلى الأسماء.. وقلبت الوجه المرسوم عليه السماء فنزل بهما إلى الأرض.. وقلبت الوجه المرسوم عليه هيئة صيوان في هذا الوادي فانتصب الصيوان وجلسوا فيه وكان ذلك الوادي أقفر، لا نبات فيه ولا ماء. فقلبت الأربعة وجوه إلى السماء وقالت بحق أسماء الله تنبت هنا أشجار ويجري بجانبها بحر فنبتت الأشجار في الحال وجرى بجانبها بحر عجاج متلاطم بالأمواج.. فتوضأ منه وصلى وشربوا وقلبت الثلاثة وجوه الباقية من الخرزة إلى الوجه الذي عليه هيئة سفرة الطعام وقالت:

- بحق أسماء الله يمتد السماط.

وإذا بسماط امتد، وفيه سائر الأطعمة الفاخرة، فأكلوا وشربوا وتلذذوا وطربوا. هذا ما كان من أمرهم.

***

وأما ما كان من أمر ابن الملك، فإنه دخل ينبه أباه فوجده قتيلاً ووجد الورقة التي كتبها علاء الدين، فقرأها وعرف ما فيها، ثم فتش على أخته فلم يجدها، فذهب إلى العجوز في الكنيسة وسألها عنها، فقالت:

- من أمس ما رأيتها..

فعاد إلى العسكر وقال لهم:

- الخيل يا أربابها..

وأخبرهم بالذي جرى، فركبوا الخيل وسافروا إلى أن قربوا من الصيوان.. فالتفتت حسن مريم، فرأت الغبار قد سد الأقطار.. بعد أن علا وطار، وانكشف فظهر من تحته أخوها والعسكر وهم ينادون:

- إلى أين تقصدون؟؟ نحن وراءكم..

فقالت الصبية لعلاء الدين:

- كيف ثباتك في الحرب والنزال؟

فقال لها:

- مثل الوتد في النخال، فإني ما أعرف الحرب والكفاح ولا السيوف والرماح..

فسحبت الخرزة ودعكت الوجه المرسوم عليه صورة الفرس والفارس، وإذا بفارس ظهر من البر ولم يزل يضرب فيهم بالسيف إلى أن كسرهم وطردهم.. ثم قالت له:

- أتسافر إلى مصر أو الإسكندرية؟؟

فقال:

- إلى الإسكندرية؟؟

فركبوا على السرير، وعزمت فسار بهم في لحظة إلى أن نزلوا في الإسكندرية.. فأدخلهما علاء الدين في مغارة، وذهب إلى الإسكندرية فأتاهما بثياب وألبسهما إياها وتوجه بهما إلى الدكان والطبقة.. ثم طلع يجيء لهما بغذاء.. وإذا بالمقدم أحمد الدنف قادم من بغداد، فرآه في الطريق فقابله بالعناق وسلم عليه ورحب به.. ثم إن المقدم أحمد الدنف بشره بولده أصلان، وأنه بلغ من العمر عشرين عامًا.. وحكى له علاء الدين ما جرى له من الأول إلى الآخر.. وأخذه إلى الدكان والطبقة، فتعجب أحمد الدنف من ذلك غاية العجب، وباتوا تلك الليلة.

ولما أصبحوا باع علاء الدين الدكان ووضع ثمنها على ما معه، ثم إن أحمد الدنف أخبر علاء الدين بأن الخليفة يطلبه، فقال له:

- أنا رائح إلى مصر أسلم على أبي وأمي وأهل بيتي..

فركبوا السرير جميعًا وتوجهوا إلى مصر السعيدة. ونزلوا في الرب الأصفر لأن بيتهم كان في تلك الحارة، ودق باب بيتهم فقالت أمه:

- من بالباب بعد فقد الأحباب؟

فقال:

- أنا علاء الدين.

فنزلوا وأخذوه بالأحضان، ثم أدخل زوجته وما معه في البيت.. وبعد ذلك دخل وأحمد الدنف صحبته، وأخذوا لهم راحة ثلاثة أيام، ثم طلب السفر إلى بغداد فقال له أبوه:

- يا ولدي اجلس عندي.

فقال:

ـ ما أقدر على فراق ولدي أصلان..

ثم إنه أخذ أباه وأمه معه وسافروا جميعًا إلى بغداد، فدخل أحمد الدنف وبشر الخليفة بقدوم علاء الدين وحكى له حكايته، فطلب الخليفة ملتقاه وأخذ معه ولده أصلان وقابلوه بالأحضان، وأمر الخليفة بإحضار أحمد قماقم السراق، فلما حضر بين يديه، قال:

ـ يا علاء الدين، دونك وخصمك..

فسحب علاء الدين السيف وضرب أحمد قماقم، فرمى عنقه..

ثم إن الخليفة عمل لعلاء الدين فرحًا عظيمًا، بعد أن أحضر القضاة والشهود وكتب كتابه على حسن مريم.. ولما دخل عليها وجدها درة لم تثقب، ثم جعل ولده أصلان رئيس الستين وخلع عليه الخلع السنية وأقاموا في أرغد عيش وأهنأه إلى أن أتاهم هازم اللذات ومفرق الجماعات.